Dominating Susan
Céad Cuid
(Forlámhas agus Aighneacht Erotic)
Le
Erika Sanders
Sraith
Dominating Susan Imleabhar 1 go 5

Achoimre

Tar éis di an coláiste a chríochnú, téann Susan chuig a céad phost, post a sholáthraíonn cara teaghlaigh, Robert, a raibh dúil speisialta aici i gcónaí d'iníon a cara.

Is é an mian speisialta seo Susan a chur faoina forlámhas ...

Tá sraith ábhar láidir erotic BDSM san fhoilseachán seo, áit a ndéanaim eachtraí Susan a thuairisciú ina gné aighneachta.

Úrscéalta le hábhar BDSM ard rómánsúil agus erotic.

Tá na méideanna seo a leanas ann:

1 - An post nua

2 - Na rialacha

3 – Bréagán Nua

4 - An seomra pionós

5 - Cruinniú leis na máistrí

Nóta ar an údar:

Scríbhneoir aitheanta go hidirnáisiúnta is ea Erika Sanders, aistrithe go breis is fiche teanga, a shíníonn a cuid scríbhinní is erotic, i bhfad óna gnáthphrós, lena hainm roimh phósadh.

Innéacs

DOMINATING SUSAN
CÉAD CUID
(DOMINATION EROTIC)
AG
ERIKA SANDERS

RÉAMHRÁ

Fear gnó aibí rathúil é Robert, pósta le mac den aois chéanna le Susan.

Is dlúthchairde iad a dteaghlaigh le blianta fada agus bhí sé ag faire uirthi ag fás ina bean óg álainn.

Thaispeán sé cairdeas oscailte i gcónaí don chailín agus, thar na blianta, chuir sé ar an eolas í faoin meas a bhí aici uirthi.

Go rúnda, chuir a chaidreamh cairdiúil agus an meas a bhí aige ar an gcailín i bhfolach a mianta dorcha go leor, gan seans ar bith acu iad a chur i gcrích.

Ba í a haighneacht iomlán dó an t-aon aisling, ina smaointe is dorcha agus ceann a theastaigh uaithi a thiocfadh i gcrích.

Is cailín úr céimithe í Susan le céim ghnó idir lámha aici agus fonn uirthi dul i dtaithí ar an domhan.

Ar tí tús a chur lena chéad phost dáiríre, post a thairgeann Robert, cara teaghlaigh, as meas ar a athair agus aitheantas ar a chumais.

Ach freisin, i ngan fhios di, mar thoradh ar a mhian seilbh a bheith aici uirthi.

Is cailín deas, tuisceanach ach milis í a raibh an buachaill céanna aici, Peter, ó bhliain úr an choláiste.

Is eachtránaithe iad, ach ní chuireann siad isteach ar a saol riamh.

Tá a fhios aici cad atá uaithi, nó síleann sí go bhfuil a fhios aici, ach tá sí i ndáiríre obedient ligean do dhaoine eile í a threorú trí chosáin a saoil.

AN POST NUA

Seasann sé os comhair an fhoirgnimh, a shúile ag stánadh ar an éadan gloine agus cruach.

Bí ag faire ar na fir agus na mná dea-ghroomed go léir ag brostú isteach agus amach as an mbealach isteach.

Amharcann sí ar a culaith sciorta ghearr féin, tógann sí a luas, agus téann sí isteach.

Mothaíonn sí beag agus imeaglaithe ag fir atá os cionn a sé throigh cúig agus í ag dul ar an ardaitheoir agus ag dul isteach i ngnó a fostóra nua.

Ag féachaint timpeall air, feiceann sí é ag an deasc fáiltithe ag caint le bean blonde bombshell agus ag giggling go flúirseach, a aoibh gháire ag lasadh suas a aghaidh agus é ag casadh uirthi.

Builleann sí gan a fhios a bheith aici cén fáth agus bogann sí i dtreo dó lena sála ag cliceáil ar urlár na tíl.

Fillteann a lámh a guaillí go cosanta agus é ag tabhairt isteach í don chailín ag an deasc.

"Anne, seo mo Susy beag!"

Builleann sí, ansin déanann sí a lámh a dhíreachú agus a leathnú.

"Hi, i ndáiríre is ainm dom Susan, deas bualadh leat."

Treoraíonn sé í le lámh leanúnach ar a gualainn chuig ranna éagsúla agus feidhmeannaigh eile.

Cuireann sé in aithne di mar Susan, a bhfuil sí buíoch di, agus atá ag iarraidh na bealaí is fearr a chur léi i saol na hiomaíochta seo.

Fanann sí gar dó i rith na maidine ag iarraidh réimse leathan ainmneacha a chur de ghlanmheabhair sula dtugann sé faoi dheireadh í go dtí a shraith oifige.

Taispeánann sé di an deasc sa seomra roimhe seo a bheidh aige an chuid is mó den am a bhfuil sí anseo.

Cuireann sí a sparán ar shiúl agus ritheann sí a méar go héadrom thar an troscán dea-roghnaithe.

Treoraítear í isteach ina oifig áit a dtugann sé aird ar an troscán dorcha teimhneach, gach leathar agus mahagaine.

"Agus seo an áit a mbím ag obair."

Ag fágáil a taobh den chéad uair, suíonn sé síos ag a dheasc.

Mothaíonn sí aisteach uaigneach ina seasamh san oifig mhór seo os a chomhair.

Ag glacadh roinnt eochracha dó, leanann sé air ag labhairt:

"Ar thaobh na láimhe clé, taobh thiar den seomra rec, gheobhaidh tú doras go cistin bheag. Is minic a thugann sé seo siamsaíocht do chustaiméirí. Ba chóir go mbeadh an cuisneoir beáir stocáilte i gcónaí lena bhfuil ar an liosta, móide tá biachlár ann Caithfidh tú foghlaim conas na rudaí go léir a chócaráil miasa, ar eagla nach mbeadh an cócaire ar fáil. Cuirfidh mé é i do chlár oiliúna. "

Bhí sé tar éis bogadh go tapa taobh thiar di, ag brú uirthi i dtreo an dorais agus á oscailt.

Leathan-shúile agus iontas ar mhéid na cuideachta agus na n-oifigí a bhí aici, níl le déanamh aici ach nodaireacht a dhéanamh.

"Beidh sé amhlaidh."

"Sea a dhuine uasail," a deir sé le gáire, ach déanann déine a ghutha í a chroitheadh.

"Tá, máistir ". Freagraíonn sí go huathoibríoch.

Ag dul léi leis an lámh, bogann sé amach as an gcistin agus treoraíonn sí í go seomra leapa eile leis an doras ar an mballa céanna.

"Agus is é seo mo seomra folctha príobháideach, is féidir leat é a úsáid, ach le mo chead amháin, an dtuigeann tú Susy?"

Nods sí arís wordless ag an opulence an seomra folctha, a ghnóthú nuair a bhraitheann sí dó stiffen, stammering:

"Tá, máistir".

Smiles sé ar a obedience.

"Úsáidfidh sé seomra scíthe an fhostaí síos an halla má tá riachtanais aige agus nílim anseo."

Tá sí níos gasta an uair seo.

"Tá, máistir".

Ar an taobh eile den seomra, dhá sheomra leapa den chineál céanna le doirse a thaispeánann sé duit.

"Is seomra cruinnithe príobháideach é seo," féachann sí go gasta agus é ag réabadh as, "... agus seo an áit a bhfanfaidh mé más gá dom an oíche a chaitheamh ar an mbaile."

Bhí an seomra dorcha agus leaba mór ceithre phóstaer agus binsí corr loomed sa seomra mór.

Is ar éigean a bhí am aige é a mhothú sular dhún sé an doras air.

Tógann sé ar ais chuig a dheasc é, casann sé ar an ríomhaire, agus taispeánann sé a seirbhís teachtaireachtaí pearsanta óna oifig go dtí a ríomhaire ba chóir a bheith ar oscailt agus i gcónaí.

Ábhar leis an "Yess" cuí ag na hamanna cearta agus a chlaonadh nádúrtha a bheith cabhrach, fágann sé í ar an deasc chun eolas a chur ar a thimpeallacht nua.

Déanann sé a haird a thástáil trí theachtaireachtaí beaga meandaracha a sheoladh chuici agus miongháire a dhéanamh ar a cuid freagraí láithreacha agus í ag léamh na dtascanna agus ag amanna éagsúla a rinne siad gearán léi ag a deasc.

AN CEADÚNAS FÍOR

Bhí sé foighneach agus cineálta mar chuir sí aithne ar a post nua laistigh dá chuideachta.

Labhair sé léi go minic tríd an scáileán teachtaireachtaí meandaracha le linn uaireanta nuair nach raibh sí ag cruinnithe, nó lasmuigh den chuideachta, ag fiafraí di faoina teaghlach, a cairde, conas a bhí rudaí ag dul lena buachaill, ag déanamh go mbraitheann sí mar a fheiceann tú do ghrá agus spéis dáiríre ina saol.

Le linn na chéad seachtainí gnóthacha dá chuid oiliúna, thóg sé an t-am dul i gcomhairle léi agus a sceideal a athrú más gá, agus é ina mheantóir, ina cara agus uaireanta ina athair géar.

Rinne sé magadh léi, d'imir sé cluichí agus labhair sé go cairdiúil.

De réir a chéile tháinig na comhráite níos pearsanta de réir mar a chuaigh an t-am thart.

D'imir siad fírinne nó leomh go minic ar an ríomhaire, agus sa chluiche d'éirigh a gcuid ceisteanna níos pearsanta agus níos dírí.

Ansin shos sé agus é ag léamh a fhreagra dheireanaigh.

Bhí súil aige go dtarlódh rud mar seo, ach ní raibh súil aige riamh go dtarlódh sé.

Seo í ag imirt na fírinne agus seo an deis leomh léi arís.

Roghnaigh sí an fhírinne i gcónaí ... agus níor admhaigh sí ach go raibh scoilt óna buachaill, agus gur thaitin sin léi.

Leis sin, bhí sé chun tosú ag cur a bhrionglóid i gcrích.

Bhí a fhios aici nach dócha go n-imreodh sí a leithéid arís leis, agus beagnach ar gcúl, ag smaoineamh go raibh sí ag iarraidh stop a chur, nó níos measa, le duine éigin sa chuideachta agus lena teaghlach ansin.

Mar sin féin, b'éigean dó bogadh ar aghaidh.

Thiomáin a mhian fadbhunaithe é, agus thosaigh sé ag scríobh.

Níor roghnaigh sí leomh, ach lean sé ag scríobh ...

***

"Leomh mé tú a ligean dom spank tú, Susy."

Stán sí, ní fhéadfadh sí a chreidiúint cad a bhí á léamh aici.

D'fhás sí gar dó, bhí meas mór aige air agus ar an mbealach a thug sé aire di agus chuir sí uirthi go raibh sí chomh speisialta, beagnach cosúil léi mar a hathair.

B'fhéidir go raibh sé ag magadh léi arís, gan a chreidiúint gur dhúirt sí leis faoina ndáta an oíche roimh ré.

Bhí a hintinn sníofa agus í ag smaoineamh ar an gcaoi ar mhothaigh sí go raibh a buachaill ag dul timpeall uirthi agus chuir sí fiosrú ina suíochán mar thuig sí go gcaithfeadh sí freagairt.

Bhreathnaigh sé ar an scáileán, bhí an bosca teachtaireachta bán, go dtí seo, ag fanacht lena fhreagra.

***

Thosaigh sé ag freak amach, ach ansin chonaic sé go raibh sí ag scríobh.

Bhí a chroí ag bualadh go gasta, agus scaoll sé, sula bhfaca sé sa deireadh an méid a bhí á scríobh aici.

"Tá, máistir."

Chlóscríobh sí go gasta, ag impí uirthi gníomhú uirthi féin agus ar a mí-ádh:

"Ansin, téigh isteach i m'oifig agus dún an doras. Nuair a thiocfaidh tú isteach i m'oifig géillfidh tú do mo chuid orduithe go léir, luífidh tú ar mo lap gan labhairt agus cuirfidh tú faoi bhráid mo chuid casta."

***

Chas sí ar a freagra.

Bhí an cluiche seo ag éirí dáiríre, ach ní raibh ann ach cluiche, ceart?

An raibh sé ag tástáil uirthi?

Ar cheart dom dul ar ais?

Bhí siad neirbhíseach agus aimsir ar a gcúiseanna féin, greamaithe ar scáileán an ríomhaire.

Níor theastaigh uaithi a bheith ar an gcéad duine a thabharfadh cúl di agus í a chuimilt.

Scríobh sí:

"Tá, máistir".

* * *

"Ansin teacht chuig m'oifig, Susy, agus dún an doras."

Ní raibh aon fhreagra ann, ach rith sí isteach ina hoifig agus dhún sí an doras cosúil le coinín scanraithe, dochreidte faoin méid a bhí glactha aici, ag smaoineamh go raibh sé fós ag imirt léi.

Is cosúil nár shuigh sé de réir mar a chuaigh a chorp i gcion uirthi, agus í ag feiceáil eagla, mearbhall, agus an teas ina shúile a choinnigh uirthi dul.

"Tá mo lap ag fanacht"

Thóg sí céim chun tosaigh agus d'ardaigh sé a lámh, stad sé i lár na céime.

"D'aontaigh tú géilleadh dom ag dul isteach sa seomra seo, nach raibh?"

Ag crith go sofheicthe, dúirt sí:

"Tá, máistir".

Dhírigh sé aird ar an talamh, bhí sé ag dul i gcumhacht, agus ag gránú,

"Crawl i dtreo dom."

Bhreathnaigh sé ar na mothúcháin a imríonn ar a aghaidh, drogall, eagla, eagla, spleodar, agus aighneacht sa deireadh.

Lig sé amach an anáil a bhí á choinneáil aige agus é ag faire ar thús a aisling ag teacht i gcrích, a corp beag ag titim ar a ghlúine agus ansin isteach ina lámha agus í ag tosú ag cromadh i dtreo dó.

Mhothaigh sé a choileach ag casadh uirthi.

Ba é a deireadh é, más rud é amháin tráthnóna inniu.

***

Ní fhéadfadh sí a chreidiúint go raibh sí á dhéanamh seo, bhí an fear seo a raibh aithne aici ar a saol iomlán ar tí í a spochadh i ndáiríre.

Bhí an cluiche imithe rófhada, ach cén fáth nach raibh sé ag stopadh é?

Tuigeann sí go raibh sí uaidh!

Ó a Dhia, an raibh sí uaidh?

An raibh rud éigin cearr léi?

Cén fáth ar mhothaigh sé mar seo?

Bhí a súile faoi ghlas ar a corp láidir ina cathaoir mhór agus í ag sroicheadh a chosa agus ag sleamhnú cosúil le nathair bhog sí ar a lap.

Bhí a fhios aige go raibh sé mícheart, ach ní raibh sé in ann cabhrú leis.

Gan focail, gan phlé, gan í a stróiceadh as a bheith ina cailín maith, chrom a lámh isteach ina asal go crua, agus scaoil sí.

***

D'fhéach sé ar an aingeal álainn ag crawláil i dtreo dó, a intinn ag dul go dtí na háiteanna is dorcha agus ag filleadh ar ais, chomh óg agus chomh tuisceanach nár thuig sé a luach.

D'úsáid sé a chumhacht chumhachta go léir chun fanacht neamhchúiseach agus í ag sleamhnú ar a lap, cinnte go mbraitheann sé an cruas seo ina bholg agus é ag ardú a sciorta, ag nochtadh thong bándearg, ag ardú a láimhe agus ag bualadh léi lena neart.

Más rud é amháin do seo taitneamh a bhaint as.

Féach ar a matáin aimsir ag sracadh faoi ionsaí agus a priontaí láimhe glow dearg ar a craiceann bán.

Squeals agus gasps:

"Ohhhhh thatooo hurtsleeeeee".

Sciorrann sí agus casann sí a cosa ag ciceáil agus é ag sciobadh go domhain arís.

* * *

Cailleann sí rian ar an scoilteadh de réir mar a líonann pian a corp beag agus a théamh suas.

Tugann sí faoi deara an teas a thosaíonn ina pussy beag agus an fhliuchra ar a pluide agus é ag sciobadh léi.

Cailleadh ina teas agus bíonn uirthi screadaíl, bíonn deora beaga ag sileadh a leicne.

* * *

Téann a lámh salach nuair a bhuaileann sé go crua í ag blaiseadh teann a matáin chrua, a screadaíl agus a pléadálacha di chun stop a chur leis agus é ag péinteáil a asail bhig gheal dhearg.

Stopann sé nuair a fheiceann sé í fliuch idir a chosa, go hiontach, a corp beag ag gobadh ar a lap.

* * *

Bhí a intinn faoi ghlas i gcumhacht an fhir seo agus í ag gasú agus ag screadaíl.

De réir mar a leanann sé ag sciobadh go crua agus go gasta, glacann a corp an lámh in uachtar de réir mar a ritheann a intinn, mothaíonn sí an gá teasa agus casta le haghaidh buachaill atá ró-inept agus caillte sa chiall go bhfuil sí ag teacht, ag éirí crua, agus a orgasm. squirts isteach ar a pluide leis an casta simplí seo.

Mothaíonn sí go stopann sé agus go bhfaigheann sé bás istigh.

Líonann a náire í agus í ag crith ar a lap, ag gasáil agus ag sodar.

Líon teas a blush a aghaidh, an oiread sin náire uirthi, conas a d'fhéadfadh sí é sin a dhéanamh?

* * *

Aoibh sé mar a fheiceann sé a aghaidh flush le náire, í a choinneáil ina áit, a fhios gurb é seo a nóiméad.

"I rith na seachtaine dar gcionn, beidh tú i mo sclábhaí. Is é seo do shlí bheatha ríoga. Géillfidh tú dom i ngach rud a ordaím duit. Fanfaidh tú i radharc i gcónaí agus iarrfaidh tú mo chead imeacht más gá, fiú mura bhfuil ann ach téigh go dtí an seomra folctha. Beidh seilbh agam ort agus géillfidh tú dom. Ag deireadh seachtaine labhróidh muid faoi seo arís. "

* * *

Ina luí ar a lap ag mothú orgasm a casta, éisteann sí lena chuid focal.

Is ráiteas é, ní ceist.

Tuigeann sé nár thug sé roghanna dó.

Tilts sí a ceann le náire, ag croitheadh ar an méid a rinne sí díreach.

Agus moans sí:

"Tá, máistir"

AG LÉIRIÚ AN SUÍOMH

"Do sclábhaí ar feadh seachtaine."

Ní fhéadfadh an tseachtain a bheith ró-dhona ó chaith sé léi mar bhanphrionsa i gcónaí.

Fiú amháin tar éis a cuid ama crua cúpla nóiméad ó shin agus a hiarraidh ar chách géilleadh iomlán ar feadh seachtaine, phioc sé suas í, chaith sí a deora, agus chuir chuig a seomra folctha príobháideach í le glanadh.

Sheas sí os comhair an scátháin ag maolú a náire, droch-chailín a bhí inti agus anois bhí a fhios ag Robert é.

Dammit!

Giotán sí a liopa ag fiafraí an gcoinneodh sé seo ar fad faoi rún agus í ag imirt a chluiche.

Toisc gur cluiche a bhí ann, ceart?

Tháinig sé amach as an seomra folctha, agus ní raibh a aghaidh le feiceáil a thuilleadh leis an méid a tharla agus a ghiota reddened mar an t-aon fhianaise sheachtrach air.

Shiúil sí i dtreo dó ag mothú a aghaidh flush arís agus thug sé a thong sáithithe cum dó.

"Ceart go leor, mar sin féin. Mar sin féin, tá daoine againn a bhfuil grá againn dóibh, agus bhí sé seo spraoi, ach níl mé ag iarraidh go mbeadh a fhios ag ceachtar acu ..."

Ag féachaint di go domhain agus ag éisteacht leis an bhféin-athaontú ina guth, chuir sé isteach uirthi trí bhrú a dhéanamh ar a buntáiste:

"Go ligfidh tú dom spank tú go dtí gur shroich tú orgasm? Gur aontaigh tú sclábhaíocht a dhéanamh dom ar feadh seachtaine ar a laghad? Mo Susy milis, is soith an-dána tú!"

Bhreathnaigh sé uirthi pale ag an bhfocal deireanach go dtí gur ísligh sé a cheann chun breathnú síos ar a chosa.

Os a comhair, d'ardaigh sí a smig, agus an thong bándearg os a comhair, agus aoibh air.

"Tuig nach dteastaíonn uaim ár dteaghlaigh a ghortú ach oiread. Ach as seo amach cuirfidh tú Máistir orm nuair a bheidh muid inár n-aonar. Is Máistir mé, mo bhabaí milis, agus mar sin teastaíonn sclábhaí uaim. Seachtain anseo ag obair agus ag deireadh na seachtaine labhróidh muid arís agus feicfimid conas a leanfaimid ar aghaidh as sin. "

Leis sin, chrom sé ar thong ina phóca agus d'fhill sé ar a dheasc.

Ag clúdach clúdach litreach dó, bhuail sé lena súile ceistiúcháin.

"Seo liosta de na rialacha a chaithfidh tú a leanúint i rith na seachtaine. Is féidir leat dul abhaile anois agus staidéar a dhéanamh air ansin. Tar go luath amárach, tá a lán le déanamh againn. Feicfidh mé tú ag a seacht ar maidin."

Sheas sé suas agus phóg sé a leiceann go réidh, d'fhág sé an oifig, ag críochnú an lae.

Agus é ag druidim lena phóg, chuala sé é ag cogarnaigh, "Sea, a Mháistir", rud a thug air aoibh gháire a dhéanamh go forleathan.

NA RIALACHA

An oíche sin luigh sé sa leaba ag léamh a threoracha don tseachtain, agus ag croitheadh a chinn.

Bhraith sé an-míchompordach, ach ar chúis éigin, ní fhéadfadh sí a rá nach raibh.

Ach ba chóir dom a rá nach bhfuil.

Bhí an ceart aige, ba fraochÚn í.

Theastaigh uaithi go mbraithfeadh sé go raibh sí ag dul timpeall uirthi.

Bhí a buachaill milis ach ní fhéadfadh sé riamh í a spochadh mar a bhí ag Robert.

Bhraith sí a coileach crua brúite i gcoinne a bolg, ag smaoineamh go meabhrach ar a mhéid agus a cruth.

Phléadáil a buachaill i gcomparáid lena samhlaíocht.

Thit sí ina codladh ag athlonnú na casta agus ag smaoineamh an tseachtain amach romhainn, a lámh gafa idir a cosa ag fáil an dara orgasm den lá.

***

Dhúisigh mé go luath chun cith a thógáil.

Chaith sé gach rud de réir mar a threoraítear sna rialacha agus ghléas sé go cúramach.

Bhí a cuid gruaige ceangailte i ponytail dea-dhéanta.

Agus ghléas sí i camisole faoina blús in ionad bra, buíoch as a breasts beaga perky agus shleamhnaigh sí a mionbhrístíní faoina culaith sciorta ghearr.

Le makeup mar a ordaíodh, rug sí ar a sparán agus rith sí amach an doras díreach in am chun an bus luath a fháil ag obair.

Mar gheall ar easpa tráchta gnáth na maidine a bheith chomh luath sin bhí cuma aisteach ar an bhfoirgneamh nuair a tháinig sí, shíl sí agus í ag dul ar an ardaitheoir.

Agus í ag dul isteach san oifig chiúin bhí iontas uirthi na soilse a fheiceáil agus go raibh sé ann cheana féin.

Bhog sé go dtí a dheasc agus chuir sé téacs go tapa "Maidin mhaith, a Mháistir" chun a chur in iúl dó gur tháinig sé.

* * *

D'fhéach sé ar a uaireadóir agus aoibh air.

Díreach in am.

Chaith sé an oíche ag pleanáil an tseachtain amach romhainn.

Luach saothair na mblianta carntha inar ghá dó an cailín álainn seo a bheith aige a raibh an oiread sin measa air.

Bhí sé de dhíth uirthi glacadh lena ról nua, a corp agus a hanam a shabháil, agus ní raibh ach seachtain aici é sin a dhéanamh.

Bhí sé beartaithe aige i rith na hoíche sula ndearna sé cinneadh ar a chéad aistriú eile.

Ag miongháire, scríobh sé:

"Cailín maith, tá tú anseo in am. Tar go dtí m'oifig, dún an doras agus déan éalú. Ansin téigh go lár an tseomra agus fan ansin."

* * *

"Sea Máistir."

Ag bualadh croí, shiúil sí isteach ina hoifig agus dhún sí an doras taobh thiar di.

Ag mothú a shúile ag breathnú go géar uirthi, d'iompaigh sí agus thóg sí céim chun tosaigh.

Go mall, bhain sí gach earra éadaigh a bhí á caitheamh aici agus leag ar an urlár in aice léi í.

Faoi dheireadh nocht, chuir sí í féin ar an gcairpéad bog, i lár an tseomra, le bheith ar a thrócaire, a sclábhaí.

Bhreathnaigh sí air agus é ag éirí agus bhog sé óna dheasc.

Chuaigh sé timpeall uirthi agus é ag faire uirthi, ceann go ladhar, gach orlach dá craiceann, gan teagmháil léi, ach chomh gar go bhféadfadh sí teas a choirp a mhothú ar a chnapáin gé.

Go tobann d'fhill sé ar a deasc, dúirt sé léi cóiriú agus dul ag obair, ag scor di aird a thabhairt ar leanúint lena cuid oibre.

* * *

Bhí sé in ann a mearbhall agus a díomá a fheiceáil nuair a d'éirigh sí gléasta agus d'fhill sí ar a deasc.

Bhí a fhios aige go raibh sí réidh le cibé rud a shocraigh sé a dhéanamh, géilleadh dá toil agus níos mó ná sin, lena náiriú agus a náire a thug uirthi a cluiche a imirt, ach níor theastaigh uaidh brú ró-chrua a dhéanamh.

Bhí sé ag teastáil uaithi go mbeadh níos mó ag teastáil uaithi, go mbeadh níos mó ag teastáil uaidh.

D'iompaigh sé chun breathnú ar a regimen oiliúna ar a dheasc.

Bhí ag éirí go maith lena cheachtanna cócaireachta.

Ba chosúil gur thaitin na daoine sa chuideachta leis.

Tapáil sé a smig mar cheap sé go mb'fhéidir go mbeadh dinnéar á ordú aici le roinnt cairde ón gclub suas san aer go luath.

Shuigh sé ag a dheasc lena intinn ag cuimhneamh ar an spré a thug sé di, a choileach ag at uaidh, a lámh ag scuabadh ina choinne ag mothú an mhúscailt, á fheiceáil nocht agus chomh géilleadh go toilteanach gur thug sé air dearmad a dhéanamh ar a chuid pleananna, a lúth agus a riachtanas chun smacht a fháil ar an gcailín.

Seol teachtaireacht láithreach:

"An bhfuil tú ag masturbating, Susy?"

D'fhan sé agus an teachtaireacht láithreach ag lasadh ar a dheasc.

D'fhéadfadh sé a shamhlú go raibh sí ag fidgeting, ag clenching a cunt ag an gceist, ach d'admhaigh sí i bhfad níos mó cheana féin le linn a gcluichí.

"Sea, a Mháistir, go minic."

Scríobh sé an teachtaireacht seo a leanas ag roghnú a chuid focal seo a leanas go cúramach, ag iarraidh ní amháin imirt léi ach a chur air smaoineamh:

"An bhféadfadh sé a bheith leis nach sásaíonn an fear óg seo, nach bhfeiceann tú mórán, go leor soith, b'fhéidir? Cabhróidh an tseachtain seo leat fanacht sásta."

Leis seo dhún sé an comhrá.

***

Ag a deasc, chuir an freagra iontas uirthi agus dúnadh tobann an chomhrá, ach fágadh ag machnamh í ar a chuid focal.

Níos déanaí, gnóthach lena cuid oibre, níor thuig sí go bhfuair sé taobh thiar di go dtí gur chuimil a lámh suas ar a ghualainn agus gur luigh sí ar a cíche ceart.

Chlaon sé síos chun cogar ina chluas:

"Nílim ach ag faire ar mo chuid oibre beag soith go crua."

Ag caoineadh an nipple cruaite agus ag éisteacht léi ag análú níos gasta, aoibh sé.

Ansin bhain sé a lámh di agus d'fhág sé a oifig sular chas sé uirthi:

"Tá a fhios agat, Susy, is seachtain an-shásúil í seo."

***

Choinnigh sé í neirbhíseach an lá ar fad le caresses beaga agus scéalta grinn beaga a chuir i gcónaí go raibh sí ag iarraidh níos mó dá ghluaiseachtaí neamhfhiosacha agus rinne sí blús níos mó agus níos mó.

Agus é sásta go raibh sé tar éis a riachtanas a mhúscailt an lá ar fad, theastaigh níos mó uaidh.

Chuaigh an teachtaire flickered ar a dheasc.

"Sula dtéann tú inniu, soith beag, taispeánfaidh tú suas ag mo dheasc agus iarrfaidh tú cead mo sheirbhís a fhágáil don lá."

* * *

"Sea Máistir." Chlóscríobh sé agus rinne sé deifir go gasta chun a raibh ar siúl aige a chríochnú agus a dheasc a shlachtú.

Bhí sceitimíní beaga uirthi.

Bhí sé ag magadh fúithi an lá ar fad, bhí a mionbhrístíní fliuch agus greamaitheach, agus ní fhéadfadh sí a chreidiúint gur mhothaigh sí chomh te.

Blushed sí a fhios go raibh sí a bheith ar an soith beag a ghlaoigh sé uirthi, ach ní raibh an chuma air go gcabhródh sí léi féin.

Sheas sí suas agus shiúil isteach ina oifig ag dúnadh an dorais agus ag fanacht air chun í a thabhairt níos gaire.

Bhí sé mar seo ar feadh cúpla nóiméad, cé gur chosúil go raibh sé i bhfad níos faide.

Chuir sé seo níos neirbhísí í go dtí gur bhreathnaigh sé uirthi agus gur dhírigh sí ar spota ar an urlár in aice lena deasc.

"Seo, Susy."

Is beag nár eitil sí go dtí an áit ag iarraidh a bheith in aice leis arís.

Nuair a chonaic sí an aoibh gháire ag lasadh a h-éadan ar a ocras, líon a blush a aghaidh arís.

"Sula bhfágfaidh mé tá rud amháin eile a chaithfidh mé a mheas." Bhí sé in ann í a fheiceáil ag crith le beagán agus í ag ionsú a chuid focal. "Bí i do fraochÚn maith agus lean thar an deasc os mo chomhair, Susy."

Nuair a chonaic sí a míthuiscint, níor fhan sé léi bogadh, ach ina ionad sin sheas sé suas, thóg sé leis an lámh í, agus bhrúigh sí uirthi leanacht i gcoinne an deisce, ar éigean a bhí a chosa i dteagmháil leis an urlár.

Ag rith a lámha suas a pluide ag scaipeadh iad go forleathan, chliceáil sé a theanga go crua.

"Mo soith beag Susy, cad a bhí á dhéanamh agat inniu chun é seo a fhliuchadh?"

Ag éisteacht lena caoin bheag agus ag feiceáil an blush domhain, smirked sé ar a imoibriú.

D'fhéadfadh sé an milleán a chur ar a cuid cluichí leanúnacha as a múscailt, ach d'fhan sí ina dtost, náire gur ghlaoigh sé fraochÚn uirthi.

Rith sé a mhéara thar na mionbhrístíní cadáis fliuch agus lean sé ar aghaidh.

"Cad ba cheart dúinn a dhéanamh le slut chomh fliuch?"

Ag cromadh a mhéar isteach ina mionbhrístíní, stróic sé a scoilt fhliuch, ag faire ar a squirm agus gasp tar éis na gcluichí go léir a chuir sé faoina bráid i rith an lae.

Ag breith ar a clit idir ordóg agus forefinger, ag fáisceadh go mall, mhéadaigh sé:

"Freagair mé, soith beag!"

Éisteacht léi moan amach os ard agus a fheiceáil crith aici, aoibh arís.

Brúite i gcoinne a deisce, leathnaigh a pluide leathan.

Mhothaigh sí a náiriú ag a chuid focal a aghaidh a líonadh le dath, rud a fhágann go bhfuil sí fliuch níos mó fós.

Choinnigh a lámha agus a mhéara spraíúla í neirbhíseach an lá ar fad, a corp beag ag éileamh agus ag teastáil uaidh.

Anois mar gheall ar mhothú a mhéara agus iad ag stróiceadh a pussy, bhog a cromáin go neamhfhiosach.

Leathnaigh a shúile de réir mar a rinne a mhéara greim agus brú ar a clit agus bhog sí os ard:

"Sea, a Mháistir, níl i gceist agam, aon Mháistir, ó, a Dhia!"

"Tá a fhios agat cad atá le déanamh!" A scairt sí nuair a leag sé a ghiota go crua.

Lean sé ag brú ag cruthú pian ina corp beag agus í ag screadaíl arís.

Líonadh a shúile le deora nuair a bhuail sé arís í ag éileamh freagra:

"A spanking, Máistir!"

Mhothaigh sí a clit twitch agus é ag slapáil a asail bhig arís.

Ag dul i bpian, na deora ag sileadh anuas ar a aghaidh, bhí orgasm aici, ag screadaíl as a pian agus a riachtanas.

Tharraing sé a lámh siar agus d'fhéach sé ar an fraochÚn, chomh sásta go raibh sí beagnach ag impí air.

D'ardaigh sé í, ag pógadh a h-éadan cuimilt, agus í ag gobadh go neamhrialaithe ina airm, ag cuimilt a droim agus ag cur misnigh uirthi.

Shiúil sé í go dtí an seomra folctha.

"Deisigh do smideadh mo soith beag, nílimid ag iarraidh go gceapfadh daoine go bhfuil muid anseo ag imirt rud éigin."

Chonaic sé í ag féachaint ar a aoibh gháire leathan, chuimil agus í ag cromadh go domhain agus ag ísliú a ceann.

* * *

Agus í ag cromadh síos chun a aghaidh a ní agus a shocrú, chuimhnigh sí conas a mhothaigh sé nuair a bhí sé ag teagmháil léi.

An cruas dealraitheach faoina pants.

A intinn ag fánaíocht le híomhánna den chuma a chaithfidh a choileach a bheith.

Shuddered sí.

* * *

"Ó tharla gur cailín chomh míthaitneamhach tú, ach go bhfuil aghaidh aingeal ort, caithfidh tú mionbhrístíní fliuch, Susy, lig do dhaoine Wonder an bhfuil an t-aingeal chomh neamhchiontach agus is cosúil!" Nocht sé sa léiriú shuarach ar a aghaidh. "Amárach tar éis duit cithfholcadh a dhéanamh, teastaíonn uaim duit na mionbhrístíní is fearr leat a roghnú agus iad a chur os cionn an phúca bhig sin." Chroith a intinn an chuimhne ar a pussy daingean, bearrtha úr óna iniúchadh an mhaidin sin. "Mar sin ba mhaith liom tú a masturbate ar tí orgasm agus ansin stad, cóiriú a chríochnú, agus fág ag obair. Chomh luath agus a thagann tú, tar chulg mo oifig."

Leathnaigh a shúile, thosaigh a chroí ag punt go frantúil.

Bhí an rud a bhí á iarraidh aige rud beag scanrúil, ach chuaigh a pussy níos doichte agus mhothaigh sí go dtriomódh sé níos mó fós.

Le guth crith, d'fhreagair sí "Sea, a Mháistir".

D'fhéach sé uirthi le súile tolladh ag déanamh blush níos mó di.

Chuaigh a lámh timpeall uirthi chun teagmháil a dhéanamh lena pussy fliuch, clúdaithe le cadás.

Ansin ag cogarnaigh ina chluas le fásach bagrach:

"Agus ná bíodh gnéas agat le do bhuachaill neamhchúramach an tseachtain seo, Susy. Is leatsa an tseachtain seo. An bhfuair tú é?"

A aghaidh lit suas go hiontach agus é ag cogarnaigh, "Sea, a Mháistir."

* * *

An oíche sin, chodail sí ar agus as.

Líonadh a aisling leis, bhí a chorp chomh corraitheach go raibh an chuma air i gcónaí fliuch agus ngéarghátar.

Mheas sí glaoch ar a buachaill.

Conas a d'fhéadfadh an Máistir a fháil amach an ndearna sé?

Bhí a fhios aici go domhain go gcuirfeadh sé sin frustrachas agus ciontach uirthi, agus mar sin chuir sí a ceann sa chluasán agus rinne sí iarracht dul ar ais chun codlata.

* * *

An mhaidin dár gcionn, tar éis ullmhúcháin fhada, d'imigh sé chun oibre, ar chosa suaimhneach agus é ag taisteal.

D'fhéach sé timpeall féachaint an bhféadfadh daoine a mhisneach a mhothú, a siní ag cruachadh i gcónaí ón ngá atá aige le cum agus ag cur a chnaipe beag as a riocht.

* * *

Chuaigh sí go díreach chuig a hoifig nuair a tháinig sí.

Bhí sé ar an bhfón le duine éigin agus nuair a chas a shúile uirthi, tháinig meangadh gáire air.

Phioc sé peann agus scríobh sé "undress" ar an leabhar nótaí in aice leis.

D'iompaigh sé an leathanach chuici agus thug sé le fios an spota os comhair a cathaoireach idir a cosa scaipthe.

Bhí a cosa ag crith agus í ag siúl go hoibiachtúil timpeall an deasc mhóir agus ag tosú ag dul as a riocht.

Chlúdaigh sé an béal lena lámh agus dúirt sé:

"Go mall, ní scrúdú leighis é"

Winked sé uirthi agus blushed sí agus Chlaon sí, ag tuiscint dó a undress níos sensual.

Seo a rinne sé agus nocht sé faoi dheireadh, chuala sé é ag rá:

"Tá brón orm Harry, caithfidh mé tú a fhágáil anois. Glaofaidh mé ort níos déanaí, teastaíonn aird ó dhuine éigin."

Rinne sé aoibh gháire uirthi agus chroch sé an fón.

Rinne sé iniúchadh criticiúil uirthi, ag rith méar síos a ceathar istigh chun a fliuchtacht a mhothú, ansin ag cromadh siar, agus ag rith a theanga thar bharr a méar fliuch.

"Cas timpeall agus lúb thar an deasc a soith beag, agus le do chosa scaipthe."

D'iompaigh sí agus dhúbailt sí, ag cur a asail bhig daingean i láthair dó.

Agus í ag faire ar bharr beag na fabraice a bhí ag gobadh óna liopaí cunt, phionnaigh sé é agus, go fánach, thosaigh sé ag tarraingt go mall.

Leathan-súl agus beagnach uisceach ó ghuairneán na mothúchán agus na mothúchán, bhog sé a mionbhrístíní ag breathnú níos mó ar a pussy ag sileadh nuair a d'ardaigh sí iad.

Nuair a chuaigh an stiall éadach isteach ina scoilt, tharraing sé go crua, ag faire ar a aghaidh i machnamh na fuinneoige agus í ag giota a liopaí agus ag casaoid.

Ag slapáil a bun lom agus ag rá léi seasamh suas, d'fhéach sé uirthi go criticiúil agus í ag dul díreach agus ag casadh air.

Tar éis a iniúchta, bhuail sé í ar an gcnaipe uair amháin eile agus d'ordaigh sí di a cuid éadaí a shocrú, a mionbhrístíní sáithithe a chur uirthi, agus dul ar ais ag obair.

Chuir an léiriú blush agus puzzled ar a aghaidh áthas mór air.

Ansin chas sí a cúl air agus phioc sí an fón chun a gcomhrá níos luaithe a atosú, dhírigh a súile ar a machnamh sna deighiltí ina hoifig.

"Ó sea." Shíl sé leis féin, "Is seachtain an-shásúil í seo. Agus má éiríonn le mo phlean, beidh sé i bhfad, i bhfad níos faide ná seachtain ..."

CRUINNIÚ LE BAINISTEOIR

D'fhill sé ar a dheasc, a aghaidh flushed le náire agus náire.

Níor tharla sé fiú dó a rá ná an cluiche a stopadh.

Shuigh sé ar feadh nóiméid fhada ag smaoineamh ar cad a tharlódh dá ndéanfadh sé.

Dia, cheap sí. "An gcuirfinn an tine uirthi agus an míneoinn dá teaghlach cén fáth nó an ndéarfainn go raibh uirthi é a dhéanamh toisc go raibh sí chomh dána?

"B'fhéidir," a réasúnaigh sí. "D'fhéadfadh sí dul go dtí a hathair agus a insint dó cad a thug an fear seo uirthi a dhéanamh, ach tháinig dúlagar uirthi nuair a thuig sé nach raibh aon rud déanta aige nár aontaigh sí nó nár iarr sí air agus nach bhféadfadh sí é sin a insint dá hathair."

Rinne sí aoibh gháire ag smaoineamh ar a hathair grámhar.

Ba í an t-aingeal binn í, agus níor fhéad sí é a chur amú leis an bhfírinne, go raibh sí beagánín mar a thug an Máistir Robert uirthi.

Agus í caillte ina reverie, ní fhaca sí an teachtaireacht meandrach gealánach go dtí go raibh sé ró-dhéanach.

Tháinig an dara agus an tríú teachtaireacht "ANSEO ANOIS!"

Níor chuala sí screadaíl air agus í ag léim agus ag crith le súil.

Níor fhreagair sí, ach rith sí isteach ina hoifig agus stop sí ag an doras.

Agus é ag dul isteach, agus gan labhairt, mhol sé di an doras a dhúnadh agus dhírigh sé go dtí áit os comhair a dheasc.

Ag siúl go mall go dtí an láthair, sheas sí expectantly mar a chríochnaigh sé ag clóscríobh nótaí ar a ríomhaire.

Bhreathnaigh sé uirthi go díomách agus chroith sé a cheann.

A tost rinne sí níos mó neirbhíseach, agus d'éirigh sé suas agus stalked í, ag tarraingt suas a sciorta, ag nochtadh a mionbhrístíní fós fliuch agus ag bualadh a Butt crua.

Ag baint taitnimh as a squeal, chas sé thart í agus fáisceadh a smig crua rinne sí breathnú isteach ina súile.

Ag claonadh isteach ina héadan dúirt sé, "Mise, Susan, do Mháistir! Is tú, a chailín, mo sclábhaí agus tugann do neamhaird mé a chreidiúint gur gá duit cuimhneamh air sin."

Bhreathnaigh sé mar a súile strae óna.

"Féach orm!" Chrom sé isteach ina héadan, ag blaiseadh di osna mar a d'ardaigh a súile dó.

D'fhéach sí suas air agus thosaigh sé ag gabháil a leithscéal a ghabháil, ach bhrúigh sé a lámh níos doichte dá smig rud a chuir ina thost í agus a súile lán le deora.

Bhreathnaigh sí chomh álainn sin leochaileach go twitched a coileach.

"Caithfidh tú pionós a ghearradh ort, ar ndóigh, ach is dóigh liom go mbainfeá sult as casadh eile a ghlacadh, nach mbeadh, a shoithín bhig?"

Bhreathnaigh sé le sásamh, a náire níocháin thar a aghaidh mar a súile dorcha d'fhéach sé suas ar a.

"Tá mé ag fanacht le ceann de na bainisteoirí agus níl am agam déileáil le do chuid easumhlaíocht anois," agus í á cur chuig cúinne a hoifige taobh thiar dá deasc, lean sí uirthi, "Seas sa chúinne mar an cailín dána. go bhfuil tú, agus mé ag bualadh le Alan."

Bhraith sé í stiffen agus chonaic a lámha tús a chur le sleamhnú síos a sciorta, ach slapped sé í bun crua, ag fágáil le tuiscint dearg agus te.

"Fág an sciorta mar atá sé. Trasnaigh do lámha os do chomhair mura bhfuil tú in ann fiú an treoir shimplí sin a leanúint."

Chuala sé í ag caoineadh agus ag tachtadh sob ar ais, agus le gáire lightning a aghaidh, d'fhill sí ar a deasc.

Phall sí go fisiciúil nuair a chuala sí é ag ardú a ghutha agus ag béicíl:

"Tar isteach Alan. Tá brón orm nach raibh mo chúntóir ann chun tú a ligean isteach."

Chuala sé glór domhain ag gáire agus Alan isteach.

"Níl aon fhadhb, Robert. Feicim go bhfuil tú ag athmhaisiú anseo. An-deas caithfidh mé a rá, agus an teagmháil dhearg sin a chuir tú leis, iontach!"

Rith a intinn:

"An raibh sé ag caint fúithi? Is cinnte nach raibh"

Ach ní raibh sí in ann cabhrú le blush geal le feiceáil ar a leicne agus sí ag breathnú amach an chéad fhuinneog eile.

Rinne sí iarracht fanacht gan stad agus gan a bheith flustered le súil go mbeadh sí céimnithe isteach sa chúlra agus iad ag caint faoi cliant éigin nó rud éigin eile.

Ar deireadh, tháinig deireadh leis an gcruinniú agus d'imigh Alan go sona sásta:

"Sílim go bhféadfainn m'oifig a mhaisiú ar an mbealach céanna, Robert, ach b'fhéidir le téama Nordach."

Thug sé bua glic do Robert agus dúirt leis:

"Téim ar mire nuair a fheiceann mé blonde curvy. B'fhéidir go bhfuil sé in am a dhéanamh Anne mo chúntóir pearsanta."

Rinne sé gáire os ard agus é ag imeacht agus chrom sí istigh.

AN BRÉAGÁN NUA

D'fhág sé ina seasamh ansin í ar feadh leathuaire eile agus é ag líonadh tuairiscí ar an ríomhaire sular ghlaoigh sé uirthi teacht chuige.

"Tá súil agam nach mbeidh orm pionós a ghearradh ort arís, a sclábhaí beag, agus chun cabhrú leat aird a thabhairt tá bronntanas agam duit."

Ag oscailt tarraiceán ina dheasc, thóg sé amach sorcóir beag bándearg te agus d'fhéach sé uirthi agus í ag féachaint air go aisteach.

"Tá sí chomh neamhchiontach i ndáiríre," a cheap sé leis féin agus aoibh air agus é ag tairiscint di dul isteach sa seomra folctha príobháideach agus an bréagán nua a chur isteach ina pussy cosúil le tampon.

Thaitin an bealach a d'imir na mothúcháin ar a aghaidh, ag blushingly draíochtúil agus a intinn ag troid i gcoinne a aighneacht dó.

"ANOIS, sclábhaí!"

Thóg sí an rud beag as a lámh agus shiúil go mall go dtí an seomra folctha, ag casadh chun an doras a dhúnadh.

Ach chonaic sí é leaning amach as ag breathnú uirthi.

"Ní mór dom Pee an chéad le do thoil Máistir." Stuttered sí.

"Imigh leat a sclábhaí beag, ní stopfaidh mé thú." Tharraing sé siar beagán, ach níor bhog sé ón doras chun é a choinneáil ar oscailt.

Thiontaigh sé ag casadh nuair a chuala sé osna os ard í.

Ní raibh an chuma uirthi gur thug sí faoi deara agus í ag tarraingt a mionbhrístíní síos chun urinate a dhéanamh agus chuir sí isteach an bréagán.

Sheas sí suas ag tarraingt a mionbhrístíní tais ar ais i bhfeidhm.

Agus nuair a bhí a lámha réidh chun a sciorta a ísliú, chuala sí é ag cliceáil ar a theanga.

D'fhéach sí suas a fheiceáil chroith sé a cheann.

Ag fágáil a sciorta daingean timpeall a coime, chríochnaigh sí a lámha a ní agus lean sé chuig a dheasc é.

Chonaic sí go raibh sé ag magadh fúithi agus d'fhiafraigh sí céard a d'fhéadfadh sí a dhéanamh chun cur isteach air anois.

"Susan, seo lá ceachtanna duit, sílim."

Shos sé ar feadh nóiméad, ligean di smaoineamh ar a chuid focal.

"Nach bhfuil sclábhaithe ag osna ar a Máistrí! Tuig? Tá sé simplí, a Mháistir, mar is tú mo sclábhaí, géillfidh tú dom!" a shúile faoi ghlas léi mar a mhínigh sé a chuid cionta is déanaí.

Bhreathnaigh sé ar an uafás agus ar an náire dul thar a aghaidh, a fiacla nipping ag a liopa níos ísle arís adorably.

Uaireanta tá sé cosúil le pionós a ghearradh ar chailín beag, a cheap sí.

Súil leathan, Chlaon sí, téarnamh a dhóthain le cogar, "Tá, Máistir" nuair a chonaic sí é níos crua le fearg.

Bhí faitíos uirthi anois, mar dheimhnigh a fearg soiléir di nach cluiche a bhí anseo a thuilleadh.

Bhuail daingniú í cosúil le slap ar an aghaidh a rocked beagnach ar ais ar a sála uirthi le fórsa a feasachta nua.

Bhí a fhios aici go raibh sí tagtha rófhada, go ndearna sí an iomarca, lig dó an iomarca a dhéanamh léi, chun go mbeadh sí in ann dul siar nó iarraidh air stopadh.

Bheadh aon fhocal den sórt sin bás ina scornach.

Tar éis miontuairiscí ciúnais, thosaigh sí ag gol agus chas sí ag siúl amach.

Chonaic sé í ag briseadh, réadú a intinn ag níocháin thar í.

Ba é seo an t-am aige chun í a dhéanamh go fírinneach.

Bhí air bogadh go tapa sula scaoll sí agus rith uaidh go hiomlán.

Shín sé amach le luas tintreach agus rug sé a lámh sula bhféadfadh sí rith.

Thionóil sí cianda suas go dtí a súile agus bhrúigh sí an cnaipe chun hum íseal a thosú ina pussy.

Gread sí agus lig amach moan ag breathnú suas air.

I nguth domhain dúirt sé:

"Sea, slut beag, rialú mé an bréagán nua i do cunt díreach mar a rialú mé tú. Is mise do Mháistir."

D'fhéach sé isteach ina súile fearful mar caressed sé í.

An bréagán buzzed ag luas níos airde.

Thosaigh a cuid análaithe ag méadú lena mothú spleodar.

Chlaon sé síos go cogar ina cluas:

"Is maith leat a bheith i mo fraochÚn, nach tú, Susy?"

Bhog sé níos gaire fós á tarraingt níos gaire dó agus é ag leanúint ar aghaidh:

"Gan a chur i bhfolach cé chomh dána is atá tú agus na mothúcháin sa phusa beag daingean sin a fhágann an bréagán duit nuair a bhíonn tú liom, tá a fhios agat go raibh sé i gceist agat freastal orm."

Leis sin slapped sé go dian ar an cnap, téamh é lena lámhphriontáil.

Ag breathnú uirthi greim a dhéanamh ar a liopaí, d'fheicfeadh sé na mothúcháin ag imirt thar a aghaidh léiritheach agus é ag líonadh le dath.

"Is féidir leat a bheith leat féin liom, a Susy. Is breá liom gach rud atá tú agus gach rud is féidir leat agus beidh leatsa."

D'fhéadfadh sí an teas a mhothú ag imeacht uaithi, an náire agus an eagla measctha leis an ocras gnéasach méadaitheach a bhí le feiceáil ina súile glasa mar gheall ar an mbréagán a dúiseacht ina pussy.

Rogha mall d'aon ghnó focal a bhí ann, rud a lig dóibh ionradh a dhéanamh ar a hintinn agus í ag streachailt leis an tuiscint nach mbeadh sé seo ina chluiche dó arís.

Labhair sé go tirelessly líonadh a ceann lena mianta.

"Bhí aithne agam ort beagnach ar feadh do shaoil. Bhí aithne agam ort i gcónaí chomh milis, chomh neamhchiontach agus chomh géilliúil sin go raibh a fhios agam gur rugadh i do sclábhaí thú, a bhean bheag. Tá Máistir uait a thabharfaidh an sásamh agus an phian atá uait."

Choinnigh sé a ghuth ina murmur bog, íseal ina cluas, ach le deireadh, ceannasach ar a chuid focal.

"Is féidir leat muinín a chur asam, a Shiúáin, tabharfaidh mé aire duit agus coinneoidh mé slán thú agus mé ag cothú do chuid cravings agus mianta."

Phunc sé é seo le slap eile ar a thóin dearg cheana féin.

"Is é an rud a iarraim ar an sclábhaí beag ná go ndéanfaidh tú seirbhís dom agus go gcloífidh tú go maith liom. Is mise do Mháistir, a Shíle. Agus is tusa an sionnach beag, an sclábhaí is mian liom."

Bhí sí ag panting anois, a corp ar crith go feiceálach le sceitimíní mar a ghníomhaigh sé an bréagán beagán níos deacra agus slapped a asal arís.

"Beidh mé i do sheilbh agus i do chúram mar is luachmhaire atá agam duit. Mar do Mháistir, cuirfidh mé oiliúint ort chun mé a shásamh agus chun pionós a ghearradh ort nuair nach ndéanann tú."

A lámh slammed isteach ina Butt arís.

Leathnaigh sí a cosa beagán níos leithne, ar éigean a choimeád ina seasamh í mar thug sé di an méid a bhí ag teastáil uaithi.

Díreach agus é ag iarraidh smacht a fháil uirthi, bhí a chuid éilimh ag teastáil uaithi chun smacht a fháil uirthi.

Bhí sí in ann a fheiceáil agus a mhothú cé chomh te a d'éirigh sé gach uair a ghéill sí dá orduithe a bhí ag éirí níos dímheasúla, fiú anois agus é ag breathnú isteach ina súile líonta de chuimilt.

"Caithfidh tú muinín a bheith agat as do Mháistir agus déanamh de réir a chéile, a Shiobhán." Nuair a bhuail sé a cnap arís, dubhairt sé go h-íseal, "Tar chugam, a shlait bhig. Géilleadh dom, agus cum chun do Mháistir, a sclábhaí."

Chuir sé a cos idir a cuid mar swiveled sí cromáin, ligean di meileann a fliuch, throbbing pussy air, ag faire ar a ceann tilt ar ais go dtí moan.

Fillte sé a lámha thart ar a corp beag agus tharraing gar di mar a thosaigh sí ag crith agus shudder, ag piocadh suas í, ag iompar go dtí cathaoir líonta í agus ina suí léi ar a lap ag ligean ar an buzz istigh di céimnithe go mall ar shiúl.

Ag an nóiméad sin níor theastaigh uaithi ach é a shásamh, géilleadh dó, go dtabharfaí aire agus stór di.

Shuigh sí ar a lap ar feadh i bhfad ag mothú dó caress di, stroking a cuid gruaige agus ar ais agus sí ag socair síos.

Ní raibh sí in ann an rud a mhothaigh sí a rá, smaoinigh sí ar gach rud a dúirt agus a rinne sí.

Sna rudaí a rinne sí agus lig sé dó a dhéanamh léi le trí lá anuas, ina bhriathra muiníne agus cúraim, an sásamh agus an phian a thug sé di.

Unconsciously squirmed sí biting a liopaí arís.

Líon a blush a aghaidh, a náire agus a náiriú ag dul i gceannas ar gach mothúchán eile.

Bhí faitíos na feirge uirthi go fóill agus céard a bhí i gceist ag an gcluiche ceaptha seo di i ndáiríre, ach bhraith sí a grá di freisin.

Bhí sé beagnach cosúil le figiúr athar, dian agus déine ach grámhar mar cradled sí í féin ina arm mar sin.

An raibh sé mícheart di smaoineamh air mar sin ag smaoineamh ar cad a bhí déanta aige agus ligean dó leanúint ar aghaidh ag déanamh é sin léi?

Ní hamháin gur ghlac sé lena gcuid cleasanna, ach spreag sé iad.

Rinne sé screadaíl uirthi le haghaidh orgasms, ach níor lorg sí a cuid.

A intinn twisted leis an méid a bhí sé ag mothú.

Mhothaigh sí gur theastaigh uaithi é seo a dhéanamh dó, an gá láidir a mhothaigh sí ag rith uaidh a bhrúigh ar chúl a hintinne ina ionad sa nóiméad seo ag fonn é a shásamh agus í ag machnamh ar a chuid focal, cúram, muinín, agus grá.

Shamhlaigh sí conas a bheadh sé fucked aige agus a líonadh lena cum agus writhed sí ina lámha ag brú i gcoinne a chorp láidir crua.

Shuigh sé léi snuggled isteach ina lap, ag faire ar a aghaidh agus a fhios aici go raibh sí ag smaoineamh ar gach rud a dúirt sé léi mar bheathaigh sé di riachtanais mhéadaithe masochistic.

Aoibh sé agus é ag faire uirthi greim a liopaí agus blush.

B'éigean dó an cailín beag álainn seo, corp agus anam a bheith ina sheilbh, chun a phian a fhulaingt níos mó agus níos mó a fhulaingt ar a shon, ach b'éigean di teacht chuige go toilteanach.

D'fhás a chuid smaointe níos dorcha, agus bhí sé ag glacadh lena chumhacht go léir gan a phlean a chaitheamh uaidh agus a corp a thógáil anois chun í a shealbhú agus a chur i bhfeidhm ina sheirbhís.

Chinn sí go raibh uirthi dul ar lorg ceann de na sluts cuideachta chun a frustrachas a oibriú amach sular chaill sí a rún.

Ag bualadh a cnap go héadrom, dhúisigh sé í:

"Soithín beag, bhí tú i do chúntóir pearsanta gan úsáid ar maidin, mar sin tar ar ais chuig do dheasc agus lean ar aghaidh le do chuid oibre. Cuirfidh mé glaoch ort má theastaíonn uaim."

Rinne sé miongháire agus an bréagán ag magadh go hachomair ag déanamh gaisce di agus a bhrí a thuiscint ró-shoiléir.

Chabhraigh sé léi aníos óna lap, ag miongháire agus é ag breathnú isteach ina radharc míshásta agus a pluide fliucha gealgháireacha.

"Is féidir leat mo seomra folctha a úsáid chun tú féin a ghlanadh, slut beag, ach fág an bréagán áit a bhfuil sé." Aoibh sé mar gasped sí ag féachaint air go hachomair.

"Más breá liom."

Agus í ag deifir go dtí an seomra folctha agus ag féachaint uirthi féin sa scáthán, d'fhéach sí an stopfadh sí de bheith ag blushing nuair a bhí sí in éineacht leis.

Go tapa a shocrú a makeup, agus wiping ar shiúl an fhianaise ar an sásamh a thug sé di, winced sí mar a chas sí a fheiceáil a asal lasta air.

Ag fágáil an seomra folctha, chonaic sí go raibh sé fágtha gan focal agus d'fhill sé ar a deasc ag mothú aisteach ina n-aonar gan a láithreacht leanúnach.

NÍOS CHOINNE DAOINE EILE

Cúpla uair an chloig ina dhiaidh sin mhothaigh sí gur thosaigh an bréagán ag crónán arís nóiméad sular tháinig sé ar ais ag breathnú ar a suaimhneas agus ag gáire go geal léi.

Ag filleadh an gháire ar a aghaidh ag an radharc a bhí air, bhog sé taobh thiar di ag breathnú thar a gualainn ar a ríomhaire agus chuir sé an dá lámh ar a tits Fáscadh iad go dtí go moaned sí go bog.

"Ag obair go dian mo sclábhaí beag?"

Sula raibh sé in ann freagra a thabhairt, d'amharc sé ar Alan ag taispeáint dó in éineacht le Anne, an buama fionn ón deasc tosaigh, lena thaobh.

"Dea-tráthnóna, an tUasal Clarkson," aoibh Susan, ag iarraidh neamhaird a dhéanamh ar an bhfíric go raibh lámha a Máistir fós kneading a cíocha, cé gur labhair an blush a chlúdaigh a aghaidh imleabhar.

"Susan mil, chaill mé tú ar maidin, tá súil agam nach raibh aon fhadhb agat."

Rinne Alan Clarkson, a bhí i gcónaí áiféiseach, de réir dealraimh agus gáire:

"Is í Anne mo chúntóir pearsanta anois agus caithfidh mé dul ag siopadóireacht le haghaidh cúpla rud ionas gur féidir liom í a oiliúint i gceart i ngach rud a bhaineann lena ról nua."

Smired sí ar Susan.

"Ba mhaith le Robert roinnt rudaí duitse freisin, a chailín t-ádh, ach ní mór dúinn roinnt méideanna agus tomhais a fháil. Cé gur ón méid is féidir liom a fheiceáil, bhí do oiliúint an-phraiticiúil."

Gáire sé go maith-naturedly agus faire mar a bhí clúdaithe fós lámha a Mháistir a tits beag.

"Rachaimid go dtí m'oifig chun liosta a dhéanamh."

Rinne a Máistir gáire in éineacht le hAlan, ag piocadh suas í ag a tits agus ag slad go héadrom uirthi chun í a chur ag gluaiseacht.

Ag tabhairt go lár an tseomra í, d'ordaigh sé di, ag stánadh uirthi:

"Susan, a fháil naked ionas gur féidir Anne a fháil tomhais cruinn."

D'fhéach sé uirthi le breathnú géar mar a bhí sí hesitated.

Reoite sí i míchreideamh, an bréagán ag magadh níos airde ag déanamh di gasp agus breathnú suas agus d'ardaigh sé mala.

Shlogtar sí, chroitheadh a ceann beagán.

"ANOIS Susan!" tháinig fearg ar a shúile agus é ag breathnú uirthi.

Ag súgradh leis na lámha trembling, thit sí a sciorta agus bhain sí a seaicéad agus blús, a thug sí d'Anne, a sheiceáil na méideanna agus a rinne nótaí.

"An bra freisin, Susy, is féidir leat a choinneáil ar an mionbhrístíní salach do anois."

Lean sé ag féachaint uirthi go feargach.

Bhí sí mortified ag a chuid focal agus thóg amach a bra.

Bhog siad amach uaithi nuair a bhí deireadh léi undressing.

Bhog an bheirt fhear chuig deasc a Máistreachta chun a liosta a phlé go ciúin, ag breathnú uirthi i bhfad i gcéin.

Mortified taobh istigh, luigh sí beagnach nocht agus shivering mar Anne dteagmháil léi agus rinne tomhais ar chodanna éagsúla de a corp beag, lena n-áirítear a chaol na láimhe, rúitíní, agus scornach le haghaidh cad a bhí cosúil le eternity.

Bhí an chuma ar lámha na mná blonde í a chasadh níos mó fós agus an bréagán á chromadh ag déanamh níos fliche í agus a clúidíní thar a bheith deacair, rud a chuir lena náiriú.

Rinne Alan gáire nuair a chuaigh Anne ar a cosa faoi dheireadh agus rolladh suas an téip tomhais.

"Tar daor, a ligean ar dul ag siopadóireacht!" Tháinig teannas ar Susan, ach thóg sé lámh ar Anne agus threoraigh í amach as an seomra, ag glaoch thar a ghualainn. "Beidh muid a fheiceann tú i cúpla uair an chloig Robert."

Leathnaigh súile Susan ar an bhfocal sclábhaí a bhí dírithe ar chailín eile agus chas sí chun féachaint orthu ag imeacht.

Ag tairiscint di teacht anall, ag tagairt do láthair ar an urlár taobh thiar a dheasc, in aice leis, d'amharc sé uirthi mar an beagnach nocht squatted ar an láthair.

"Ar thaitin leat na mionbhrístíní salach sin a chaitheamh an lá ar fad?"

Rith sé lámh thar a cromáin agus a pussy ag mothú go raibh sí fliuch.

"Níl Máistir".

Aoibh sé.

"Bhuel, tóg amach iad agus an chéad uair eile a bhfuil tú tempted mionbhrístíní a chaitheamh, smaoineamh ar conas a mhothaigh sé."

A aoibh gháire iompú tromchúiseach.

"Ní bheidh tú ag caitheamh aon rud a chlúdaíonn do cunt beag arís gan mo chead sainráite. An dtuigeann tú sclábhaí mé? Nó beidh do míchompord i bhfad níos measa, geallaim."

Chuardaigh a súile í ag cinntiú gur thuig sí go raibh sé seo, cosúil le gach orduithe a rinne sé, do-idirbheartaithe.

Ag tarraingt as a mionbhrístíní sodden, stinking, sheas sí shivering agus naked os a chomhair, análaithe go mall, agus dúirt:

"Más breá liom."

Ag tabhairt aire di go héadrom, bhrúigh sé síos í, ag claonadh isteach ar a mhuin í, ag labhairt go bog, ach le ciumhais ar a ghlór.

"Ós tusa mo sclábhaí, nuair a iarraim ort rud éigin a ghéillfidh tú a dhéanamh, an daor sin?"

Gan am a thabhairt dó chun freagra a thabhairt, agus caressing a asal álainn lean sé ag rá.

"Is é an rud a d'aontaigh tú leis. Mar sin féin, don tríú uair inniu tá orm pionós a ghearradh ort."

Níor fhág sé aon seomra di le freagairt agus rinne sé aoibh gháire nuair a rinne sí caoineadh.

"Ní raibh do leisce nuair a d'iarr mé ort do chuid éadaí a bhaint inghlactha, beidh tú ag cloí liom mar sclábhaí is cuma cé atá thart."

Mhothaigh sé aimsir í agus í ag cur síos ar an náire a bhí uirthi.

"Caithfidh tú muinín a bheith agat nach gcuirfidh mé i mbaol thú. Is Máistir é Alan freisin agus is í Anne a sclábhaí."

Lig sé an brón agus díomá creep isteach ina ghlór.

"Ba mhachnamh é do dhiúltadh do dhíleasú nuair a d'ordaigh mé duit é a dhéanamh, ní hamháin ortsa, a sclábhaí beag, ach ormsa mar do Mháistir."

Ghlaoigh sí ar ghlór a ghutha, ag fáil náire uirthi gur chuir sí isteach air arís, gur mhúscail an riachtanas é a shásamh í níos luaithe agus í ag iarraidh maithiúnas a lorg.

Thosaigh sí ag pléadáil a guth, ach chuir sí ina tost é.

"Tuigim go mbraitheann tú daor agus cuireann sé brón orm go gcaithfidh mé pionós a ghearradh ort arís, ach foghlaimeoidh tú muinín a bheith agat asam agus géilleadh dom i ngach rud a iarraim ort."

Bhí náire uirthi ag caoineadh, chomh maith leis an teas a bhí ag tógáil inti de bharr a lámh stróicthe agus an bréagán ag sileadh go domhain istigh ina cunt sileadh.

Mhothaigh sí a lámh ag dul in airde agus chrom sí uirthi féin ag ceapadh go raibh sé chun spank a dhéanamh di, ach tháinig braite slat thanaí ag stroking a craiceann ina hionad.

Agus a lámh chlé ag bogadh faoina bráid chun a púicín a mhaolú, ag cur níos mó pléisiúir leis an meascán de mhothúcháin a bhí ag cúrsáil tríthi.

D'éirigh sí as a theagmháil, ach thug squeak scanrúil uirthi agus an fhoireann ag slam isteach ina h-asal ag béicéadh isteach ina feoil, rud a chuir uirthi léim isteach ina lap agus a cosa ag eitilt.

Mhothaigh sí a mhéara ag dul isteach ina pussy agus a clit á coinneáil ina háit agus ghlaoigh sí amach arís, a gasps agus moans ag casadh ina meows painful agus gasps erotic mar bhuail sé í faoi dhó níos mó mar a lean sé a mhéar a pussy.

Bhí trí welts prickly dearg le feiceáil ar a chraiceann do gach ceann dá chuid cionta an lá sin.

D'fhéadfadh sé a bhraitheann ar an welts ar lasadh ar a chraiceann mar a tháinig an fhoireann éadrócaireach a lámh arís.

Casadh a mhéara agus thug sí ar a clit ata agus é ag slammed isteach sna línte curly gan staonadh, rud a chuir uirthi casadh agus lúbadh ina mhuin ag caoineadh agus ag caoineadh faoi phian agus faoi ghríosú.

Bhí sé ag féachaint ar an gcorp luscious reddened beag ar a lap.

Ba léir a lúcháir agus a sceitimíní agus é ag faire uirthi ag taitneamh agus ag caoineadh air.

Bhí sé ina Máistir, mian-am le fada ag fanacht le teacht fíor.

Ag deireadh na seachtaine, ghlacfadh sí le háit mar sclábhaí go toilteanach í nó thógfadh sé le forneart í dá mba ghá, ach bhí a fhios aige nach bhféadfadh sé ligean di dul.

Labhair sé arís i nguth íseal agus grunting:

"Tar i leith do Mháistir, a sclábhaí bhig. Taispeáin dom chomh mór is atá mo phionós agat."

Rinne a corp creathadh, áirse, ag teannadh agus ag crith agus í ag pléascadh faoina cheannas.

Cailleadh a intinn, é ar snámh i scamall pléisiúir agus pian don tríú huair an lá sin.

Screamed sí dó agus rith.

TORADH NUA DO SUSAN

Dhúisigh Susan groggy agus mearbhall uirthi, fós nocht.

Bhí sí suite in armas an Mháistir ar an tolg mór cúr-líonta ina oifig.

Thionóil sé go réidh, go cosantach í, cosúil le leannán milis.

Bhí a corp ag insint a mhalairt di, áfach, agus bhí géarghá léi a matáin nimhneacha a shíneadh.

Rinne sí iarracht go réidh a lámha a bhriseadh saor chun í a mhothú níos doichte timpeall uirthi.

Ag tabhairt suas, rolladh sí a lámha taobh thiar a droma agus shín sí a corp ag mothú a matáin agóid agus mothú pian níos mó.

Bhuail sí lena súile agus é ag faire uirthi.

Ar deireadh scaoileadh a hucht agus rith a lámha thar a corp agus í sínte mar chat.

"Is liomsa thú." Dúirt sé go simplí.

Bhuail sé a chromán go héadrom,

"Tá sé ag éirí déanach Susy beag, bhí tú i do chodladh ar feadh tamaill, tá mé carr ag fanacht leat ag na céimeanna tosaigh chun tú a thabhairt abhaile."

Aoibh sé go bog uirthi.

"B'fhearr duit a bheith gléasta agus dul abhaile, sula bhfaighidh mé níos mó rudaí is féidir leat a dhéanamh anseo."

Leathnaigh a shúile agus gáire sé.

"Is féidir leat a rá le haon duine a iarrann gur choinnigh mé déanach thú ag obair chun críocha oiliúna."

Rinne sé gáire dáiríre faoina héadan flushed mar a sheas sí suas agus d'fhéach sé síos ar a gúna.

Winced sí, mothú guairneáin de míchompord mar smoothed sí an sciorta thar a bun.

Chuaigh sí isteach go hachomair ina seomra folctha chun a cuid gruaige agus makeup a dhéanamh mar ab fhearr a d'fhéadfadh sí sula siúil taobh thiar dá deasc chun mionbhrístíní salacha a bhí caite aici a fháil ar ais.

Mionbhrístíní ar láimh, thug sí í féin isteach go géilliúil ag fiafraí de:

"Gabh mo leithscéal as an lá, a Mháistir?"

Aoibh sé uirthi agus d'ardaigh chun póg di go domhain.

Ag an am céanna, gasped sí nuair a bhraith sí a liopaí ar a cuid, ionadh ag an póg.

Tar éis gach rud a tharla le cúpla lá anuas, ba é seo a gcéad póg fíor agus leáigh sí isteach air.

Thug sé chuig a dheasc í, gan an póg a bhriseadh.

Agus é á chur go cúramach ar an mbord di chun a mála a fháil, labhair sé go ciúin:

"Sea, a sclábhaí, tá tú sásta faoi dheireadh dom inniu."

Lig sé leid de aoibh gháire trasna a aghaidh agus é ag spochadh as í.

"Téigh abhaile, sula n-athraíonn mé m'intinn."

Patted sé a asal ag baint suilt as a cuid moans agus d'fhág sí, ceannteideal ar ais go dtí a oifig.

Bhí mé níos mó ná sásta.

Ach ní raibh a fhios aige cad a bheith ag súil leis nuair a dhúisigh sí an mhaidin dár gcionn.

Bhí sé ag fiafraí de ar thóg sé rófhada é lá a phionóis.

Aoibh sé leis féin .

Bhí sí go hálainn ina haighneacht nádúrtha, agus cé go raibh an chuma uirthi ag pointe amháin i rith an lae imeacht, d'fhan sí.

***

Bhí an carr ag fanacht léi mar a dúirt sé.

Bhí an tiománaí cairdiúil agus nuair a bhí sé istigh thug sé mála dó ó bhialann áitiúil.

"D'iarr an tUasal Robert orm rud éigin a phiocadh suas duit le hithe, mar go gcoimeádfadh sé tú déanach ag seisiún oiliúna."

Rinne sé aoibh ar an iontas agus ar an dath bándearg a tháinig trasna ar a leicne agus í ag tógáil an mhála agus ag gabháil buíochais leis.

Bhí an bealach abhaile ina thost.

Bhí sé ag féachaint uirthi sa scáthán agus í ag breathnú amach ar an bhfuinneog gan an radharcra a fheiceáil i ndáiríre, a súile caillte ina smaointe faoina lá.

Rinne sé aoibh agus é ag baint a bheola lena mhéara, ag smaoineamh ar gach rud a tharla.

Agus i dtaobh cad a tharla, bhí sé ina phóg go raibh sé moill.

Is é an fhírinne, bhain sí taitneamh as na rudaí a rinne sé di a dhéanamh, rudaí nach mbeadh sí a dhéanamh riamh ina haonar nó lena buachaill.

Ba bhreá léi a bheith in ann ligean uirthi féin gur 'cailín maith' a bhí inti agus í á brú thart in ionad a admháil gur thug sé sceitimíní uirthi le gach taithí nua.

De na rudaí sin go léir, áfach, ba í an phóg a d'fhan léi.

Bhí gaolmhaireacht a bpóg dhomhain, paiseanta chomh difriúil ón mbealach ceannasach, comhdhéanta a bhí sé ag spochadh agus ag tabhairt pléisiúir agus pian dá corp, rud a chuir in iúl di ciontacht agus náire, riachtanas agus dúil.

Bhí a fhios aici nach raibh an rud a bhí á dhéanamh aici, agus í ina sclábhaí aige, i gceart agus go dtí anocht bhí sí ag smaoineamh ar cé chomh mícheart agus a d'fhéadfadh sí a bheith sula raibh an tseachtain amuigh.

Bhain sé a liopaí arís, ach ba chosúil gur bhraith an póg nach raibh sé chomh dona sin ar bhealach éigin.

Mhothaigh sí a grá agus a paisean di sa phóg amháin sin.

* * *

Chas sí ar a leaba agus rolladh anonn mar a rinne sí iarracht a chodladh.

"Bhí aithne agam air mar chuid dá theaghlach, beagnach cosúil le uncail. Bhí grá aige dá bhean chéile a raibh grá aige don bhaile agus bhí cairde aige lena mhac!"

Chaith sí amach na clúdaigh agus d'fhéach sí ar an tsíleáil a líonadh le ciontacht agus náire.

"Cad a bhí ag tarlú dó?"

Moaned sí go bog mar a lámh caressed a corp reliving an lae, a fearg, a eagla, a díomá, a náire, a mhian, a gá le do thoil dó agus ar deireadh an paisean a póg .

Tháinig sí don cheathrú huair an lá sin agus faoi dheireadh thit sí ina codladh.

* * *

Dhúisigh sí agus tharraing í féin go dtí an cith, a mothúcháin chiontachta agus náire ag teacht ar ais chuici.

Bhí faitíos uirthi dul ag obair agus a fháil amach cad a bhí i ndán di an lá seo, bhraith sí tinn agus ar feadh nóiméad smaoinigh sí ar ghlaoch isteach tinn, sular chroith sí a ceann.

an scaoll í agus í ag éirí as an seomra folctha agus mhionnaigh sí go bog mar a thuig sí go mbeadh sí déanach.

Gléasta sí go tapa agus rith síos an staighre a eitilt amach an doras.

Rith sé amach le bheith gafa go díreach in armas a thiománaí ón lá roimhe.

Rug sé uirthi díreach mar a thosaigh sí ag rith don bhus.

"Susan"

D'fhéach sí suas.

u0026quot;Calm síos cailín. An tUasal Robert sheoladh chugam chun tú a phiocadh suas ar maidin.

Thóg sí céim siar agus d'oscail sí an doras a thug isteach sa charr í.

Chomhlíon sí meekly, stunned ag a láithreacht.

Chonaic sé dhá bhosca, curtha ar an suíochán in aice leis, mar a fuair sé ar.

I gceann amháin bhí fianáin cainéil maisithe le aghaidheanna miongháire agus an sú is fearr léi.

Agus i mbosca níos mó bhí nóta dírithe chuici.

Léigh sí:

"Maidin mhaith a sclábhaí, tá súil agam gur chodail tú go maith, tá sé ar intinn agam aire a thabhairt duit mar mo stór is luachmhaire, ach tá go leor fós le foghlaim faoi conas do Mháistir a shásamh. Tá tú óg agus álainn, ní cóir duit a chaitheamh na héadaí oibre sean-nós sin a roghnaigh do mháthair duit. Bíodh bricfeasta tapaidh agat agus cuir ort an chulaith as an mbosca seo sula n-éiríonn leat dul ag obair. Ná bí buartha faoin tiománaí, cuir muinín agus géill do Robert."

Ag baint le gualainn an tiománaí, d'fhiafraigh sí an bhféadfadh sí stopadh ag caifé nó áit éigin le seomra folctha, ach chroith sé a cheann.

"Níl. Dúirt siad liom a choinneáil ag tarraingt níos gaire duit, a chailleann."

Luigh sí siar ag ithe agus ag smaoineamh ar cad ba cheart a dhéanamh.

Ní raibh sí ag iarraidh pionós a ghearradh uirthi an nóiméad a shiúil sí isteach.

Ag críochnú na fianáin agus an sú, phloc sí síos i gcúinne an ghluaisteáin agus choinnigh sí a seaicéad chuig a cófra agus í ag athrú isteach sa blús síoda bán a thóg sí as an mbosca.

Bhí a siní cruaite agus brúite tríd an ábhar bog nuair a smaoinigh an tiománaí ag féachaint uirthi, ach ní raibh sí ar tí breathnú sa scáthán lena sheiceáil.

sciorta dubhghorm pleated amach as an bhosca agus chlaon sí ar aghaidh chun a chlúdach a nudity.

Thóg sí amach a sciorta agus chuir sí an ceann nua ina áit.

Agus í ag iarraidh a ndícheall a dhéanamh, bhí an barr pleated agus an sciorta curtha uirthi in ionad an bharr agus an sciorta a bhí á caitheamh aici.

Ag tógáil seaicéad beag as an mbosca agus é a chur ar an suíochán in aice leis, sheiceáil sé an bosca chun a chinntiú go raibh sé folamh cheana féin.

sí péire stocaí arda lása bán agus nóta níos lú...

"Coinnigh do sciorta suas agus tú ag cur ort do stocaí agus tabharfaidh an tiománaí an píosa deireanach de do chulaith duit. Iontaobhas agus géill, a sclábhaí beag. Robert."

Dúirt sí gur dócha go raibh sé ag breathnú uirthi ag athrú ar aon nós, dúirt sí gur dócha go raibh sí ag breathnú uirthi ag athrú, mar sin d'ardaigh sí a sciorta agus tharraing sí na stocaí ar ais air, an snug leaisteach i gcoinne a pluide.

Rinne an tiománaí miongháire sa scáthán agus thug sí péire bróga gorma dubhghorma ard-sála uirthi chun an chulaith a mheaitseáil.

Le aghaidh flushed, ghlac sí na bróga le "Go raibh maith agat" bog agus chuir sí a héadaí isteach sa bhosca folamh.

sé siar, ag cur air a bhróga, agus ag seachaint súile an tiománaí don chuid eile den turas.

* * *

Ag céim amach as an gcarr agus ag cur uirthi a culaith chulaith, fuair sí amach go raibh a cliathbhosca leathan frámaithe a tits chruinn, agus an dá chnaipe ísle ceirteacha tarraingthe isteach óna coim chun a cromáin bheaga a leathnú.

Ag sileadh síos an sciorta gearr pleated gur ar éigean a chlúdaigh barr a stocaí, chlaon sí isteach sa charr.

Nuair a thuig sí go raibh sé ró-dhéanach go mbeadh a bun lom á thaispeáint, rug sí ar bhosca a seanéadaí agus shiúil sí go brisg i dtreo an fhoirgnimh, gan aird ar an aoibh gháire ar aghaidh an tiománaí.

Ghabh sí buíochas leis as an turas agus ghuigh sé lá maith di.

* * *

Shroich sí a deasc, chuisle a mála agus a bosca faoi, agus shiúil isteach ina oifig, ag fanacht go ciúin air le tabhairt faoi deara agus í ag críochnú glao gutháin.

Aoibh sé go bog agus léirigh sé go dtí áit os comhair a dheasc.

Chuaigh sí go neirbhíseach ar a bróga ard-sála agus í ag dul níos faide isteach san oifig.

sí os a chomhair agus é ag siúl timpeall a deasc agus rinne sé suirbhé air ina thost.

Bhog a lámh suas a ceathar agus faoina sciorta gearr chun cupán a dhéanamh agus a asal a bhrú, ag miongháire agus í ag giolcaireacht a liopaí agus a anáil gafa.

"Bhuel, a sclábhaí bhig, tá tú sásta liom le do ghéilliúlacht. Seo ceann de na héadaigh a roghnaigh sclábhaí Alan duit inné, an maith leat é?"

"Ó tá Máistir. Go raibh míle maith agat."

Chroch a lámha a cuid tits álainn agus d'imir sé lena clúidín tríd an bhfabraic ghéar, agus d'éirigh leo iad a dhéanamh chomh crua leis na cinn saighde.

"Bain amach do sheaicéad."

Agus é ag breathnú ar a súile lánráiteach, rinne sé greim níos doichte air, ag brú na n-uchtanna crua idir a mhéara agus í ag scalladh as a seaicéad .

Mhéadaigh an t-análú go gasp, mhéadaigh a súile agus d'éalaigh caoineadh uaithi.

"A leithéid de sionnach beag álainn, bhí mo thiománaí an-tógtha."

A súile scuabtha thar di.

"Bhí an ceart agam, d'fhéadfá pas a fháil le haghaidh schoolgirl dána sa chulaith sin."

Thóg sé céim siar, casually leaning i gcoinne an deasc, ag faire uirthi blush.

"Stábla stiallacha, gach rud ach do bhróga agus stocaí. Tá rudaí eile ba mhaith liom tú a fheiceáil ag caitheamh sula gcuirfimid tús lenár lá."

Ag casadh di agus í ag baint a cuid éadaí, stróic sé í go réidh taobh thiar de, sular bhuail sé é agus chlaon sé isteach ina chluas le caoineadh:

"Baineann Máistir an blush rosy ar do masa."

Fáscadh a asal crua go dtí go moaned sí, aoibh sé agus smacked arís í.

Agus é ag tógáil a láimhe, threoraigh sé thart ar a dheasc í, á cur in aice leis agus é ag glacadh suíochán.

"Kneel síos, daor."

Knelt sí síos mar a bhí sé ag faire uirthi.

"Sin é áit cheart sclábhaí agus foghlaimeoidh tú go maith é inniu. Nuair a thiocfas tú chugam beidh tú ar do ghlúin i gcónaí."

"Tá, máistir"

Bhreathnaigh sí agus é ag oscailt tarraiceán agus thóg sé amach roinnt slabhraí óir sular casadh uirthi arís.

Labhair sé, go bog ach go mór.

"Tá rudaí a chaithfidh tú dom nach éadaí iad. Cuir do lámha taobh thiar do mhuineál agus coinnigh ansin iad." D'amharc sé ar a héadan a líonadh agus í ag bogadh a lámha taobh thiar dá mhuineál, ag ceangal a méara.

D'athbhreithnigh sé a seasamh go criticiúil, ag síneadh amach lena lámh chun a uillinn a choigeartú agus iad ag tarraingt ar ais, ag déanamh a áirse isteach chuige agus ag brú a cuid tits ar aghaidh.

Ag strócadh iad go garbh agus ag spochadh na siní le níos mó pinching, labhair sí arís.

"Ní iarraim ort iad seo a tholladh, go fóill, ach ba mhaith liom iad a mhaisiú dá réir."

Ag roghnú slabhra, thug sé ar a siní trí na fáinní beaga ag gach ceann den slabhra.

Bhí siad daingean go leor chun an slabhra a shealbhú, ach gan dochar a dhéanamh don chraiceann.

Tharraing sé ar an slabhra agus slapped sí chíche chlé, ag déanamh moan di agus ag fágáil a súile fliuch.

Na naisc slabhra tightened timpeall a siní mar a cófra swelled.

Tar éis dó a tits a bhualadh arís agus arís eile, rug sé ar an slabhra agus chrom sé go dian, ag síneadh feoil a cuid tits sular tháinig an slabhra as.

Moaned sí, crith, agus deora rolladh síos a leicne as an Sting.

A coileach twitched mar a d'fhéach sé ar a.

Arís agus arís eile sé an próiseas ag pincheadh agus ag brú a clúidíní agus ag smackáil a cuid tits agus é ag baint triail as cúig shlabhra éagsúla, ag yanáil gach ceann dá clúidíní le geansaí láidre agus é ag triail slabhra eile.

Bhí an slabhra a roghnaigh sí ar deireadh maisithe le cloigíní beaga ag crochadh ó na lúba a bhí ag tinkling le gach ceann dá slapaí.

Faoin am seo bhí súile deora uirthi le pian agus é ag ceartú a staidiúir arís.

Ag baint úsáide as a bhróg chun a ghlúine a bhrú amach, chrom sé.

"Caith do pluide, a slut beag, ba mhaith liom a fheiceáil do pussy shine, agus tú taitneamh a bhaint as an pian a thabhairt dom duit."

Bhí an blush ar a héadan beagnach ag teacht leis na priontaí láimhe dearga a chlúdaigh a tits agus a cófra ag sileadh.

Mhothaigh sí a cunt spasm agus drip níos mó ag a chuid focal.

"Conas is féidir liom a bheith ag baint suilt as seo?"

Bhí teas agus pian ar a chliabhrach.

"Caithfidh go bhfuil rud éigin cearr liom , ní raibh sé seo gnáth. Ní raibh aon caresses bog nó sracfhéachaint fonn eatarthu. Just a orduithe, obedience, pian agus pléisiúir."

Chuaigh a hintinn siar go dtí póg an lae inné agus tháinig crith ar a liopaí in éineacht lena corp agus í ag cuimhneamh ar na mothúcháin a bhraith sí.

Ag brú a bhróg i gcoinne a cunt, chuimil sé a ladhar faoin leathar ar a clit ata agus d'fhéach sé mar a panting méadaithe agus crith a corp, ag déanamh gligín na cloigíní beag merrily ar a tits dearg aching.

D'fhéadfadh sé an teas a fheiceáil ina súile agus a cromáin ag rolladh thar a bróg ag cuimilt ina choinne.

Lean sé ar aghaidh ag súgradh lena pussy chuimil an leathar crua ar a clit ata agus sileadh poll.

Lean a corp ag droimneach agus ag luascadh a cromáin i gcoinne a bróg, ag iarraidh pléisiúir ansin.

Rith sé a mhéara tríd a chuid gruaige agus twisted é mar a jerked sé a ceann ar ais agus chlaon sí isteach beagnach brú a liopaí go dtí a béal panting, whispering harshing,

"Tar le sásamh a Mháistir, a mhaighistir bhig a thaitníonn pian. Is liomsa tú."

D'amharc sé uirthi agus í ag dul in aghaidh a bhróg níos déine, ag teannadh agus ag screadaíl sular ghlaoigh sí amach agus é ag clúdach a pluide agus a bróg.

'Bhí sí chomh hálainn ar a glúine mar sin roimhe.'

Bhuail sé léi súile mar cruaite a coileach painfully gafa ina pants.

Choinnigh sé a lámh ina cuid gruaige, ag éascú a greim láidir chun í a strócadh agus í ag magadh.

Bhí a cosa croithe lúbtha chun curl a bun ar a sála.

Agus í ag téarnamh óna rith, dúirt sé léi:

"Cuim mo bhróg. sclábhaí"

Nuair a chonaic sé í ag tosú ag bogadh chun a lámh a ardú, chlaon sé ina chuid gruaige agus bhrúigh sé a ceann síos.

"Le do theanga, an sionnach beag, blais cé chomh milis agus atá tú."

Bhreathnaigh sé uirthi agus a ceann ag ísliú go fonnmhar ar a cosa agus ag gáire.

Bhí míshásamh ar a srón agus tháinig dearg ar a héadan agus í ag ligh na súnna óna bróg.

Choinnigh sé i gcoinne a bhróg í go dtí go raibh sé sásta go ndearnadh í.

Ag brú a cosa uaidh, choinnigh sé a lámh timpeall uirthi agus í ag éirí amach ar a bróga sála arda, na cloigíní ag crochadh óna clúidín go binn.

"Tá go leor le déanamh agat inniu, a sclábhaí, gléasadh suas an t-asal beag sin atá agat."

Ag pointeáil sin le pat ar an mbun, chlaon sé ar ais agus faire uirthi cnaipe suas a blús thar a tits maisithe anois.

An slabhra a rinne a siní seasamh amach deliciously i gcoinne an síoda fórsa, na cloig le feiceáil go soiléir faoina bhun.

Ag breathnú siar ar an tarraiceán oscailte, chuir sé isteach na slabhraí nár úsáideadh agus shroich sé mír amháin eile sular sheas sé agus rinne sé cigireacht uirthi nuair a chríochnaigh sí gléasta.

Ag pinseáil a clúidíní síoda, tharraing sé chuig a dheasc í sular scaoil sé a mhéara agus bhrúigh sé a héadan síos agus bhuail sé a bun arís.

Moaned sí, a súile uisce arís mar a thuig sí an pian leanúnach agus teas a bhí sé ag cithfholcadh léi ar maidin.

Tháinig crith uirthi nuair a mhínigh sé go mbeadh sé ag caitheamh rud amháin eile ar maidin agus dá luaithe a chríochnaigh sí na tascanna a thug sé di, is luaithe a bhainfeadh sé é.

Bhreathnaigh sí go aisteach agus é ag coinneáil rud beag plaisteach bándearg os comhair a aghaidh.

Bhí an ceann seo i gcruth cairéad beag, ach tháinig eagla in ionad a fiosrachta mar a mhínigh sé cén áit a n-úsáidfeadh sé é.

Squimed sí faoina greim ar a druim, a cosa brú i gcoinne a.

D'fhéadfadh sé a coileach crua a mhothú taobh istigh dá pants.

Bhí a aigne lán le híomhánna de ag tógáil air agus a ghreim láidir ag lagú chun í a chaolú go réidh.

Cogar a ghuth go bog ina cluas chun í a mhaolú.

Nuair a chonaic sé an eagla ag dul isteach ina súile, níor stad sé, ach rinne sí chomh maith sin ina géilleadh do gach rud a bhí uaithi ar maidin.

B'éigean di fios a bheith aici nach raibh aon rud toirmiscthe uirthi an rud a d'iarrfadh sé uirthi, mar sin chlaon sí isteach ina cluas agus dúirt:

"Caithfidh tusa é seo mar is mise do Mháistir agus taitníonn sé liom."

D'fhág a lámh an bréagán ar an deasc agus é ag tabhairt aire do chraiceann bog a bun.

"Sclábhaí beag, ba mhaith leat do Mháistir a shásamh, ceart?"

Labhair sé agus stróic sé í mar a bheadh peata skittish aige.

Ag cogar an ghá atá aige gach cuid di a shealbhú, máistreacht a dhéanamh uirthi agus í a úinéireacht go hiomlán.

Ag bogadh a láimhe ag tabhairt aire do fheoil bándearg te a bun, ag rith méar idir a leicne bun go dtí a cunt beag fliuch, teased sé í ag stroking go réidh thar a leicne íochtair, arís smearing a súnna, ach an uair seo thar an dorchadas, puckered. poll a cuid.

Agus an bréagán in airde os comhair a h-aghaidhe, dúirt sí:

"Caithfidh tú é seo, a sclábhaí, domsa, a Mháistir."

Agus an bréagán á rolladh thar a cunt fliuch, ag clúdach a chum é, bhrúigh sé i gcoinne a bun é.

Nuair a chonaic sé an aimsir agus í ina teannta, d'ardaigh sé a lámh óna taobh thiar agus patted go héadrom taobh thiar di.

"Scíth a ligean a sclábhaí beag, muinín do Mháistir."

Bhrúigh sé níos deacra ar an breiseán beag ag breathnú uirthi fáinne anal tosú go mall a shíneadh timpeall air.

Mhothaigh sí tonnta mothúcháin chontrártha ag dul tríthi.

Ós rud é go raibh sí ar a thrócaire, giotán sí a liopaí a fhios cé chomh te agus a bhí sí dó.

Rinne a mhéara treáiteacha a púicín íogair a théamh arís mar bhraith sí a lámh eile ar a bun.

Shivered sí mar a chuala sí a whispers agus bhraith a coileach crua i gcoinne a cromáin.

Cé gur thóg sé an bréagán agus d'imir sé níos mó lena pussy agus asal go dtí nach bhféadfadh sí é a ghlacadh a thuilleadh agus bhí sí ag caoineadh arís agus ag bogadh a cromáin.

Mhothaigh sí dó an plocóid a bhogadh ar ais isteach ina bun agus é a bhrú ina coinne.

tensed sí agus slapped sé í.

Dhún sí a súile agus thóg anáil domhain, meowing ag an ceint aisteach go bhfuil a asal fucked suas.

Mhothaigh sé chomh mór taobh istigh di, ach bhí a fhios aici níos fearr.

Bhí a aigne reeled idir an teas a fliuch cunt agus an ceint nach bhfuil chomh pianmhar ach arousing ina bun agus a fáinne anal tightened thart ar an breiseán chun é a choinneáil ina áit.

D'éirigh sé as agus é ag faire ar an bplocóid imithe taobh istigh den chailín a bhí ag guairneáil air.

Bhí fonn air a héadan a fheiceáil agus an plocóid á chaitheamh aici, d'ardaigh sé suas í agus thit an sciorta in áit a chlúdaigh taobh thiar di.

Mar a d'fhéach sí air le súile fliuch agus a blush shining ar a leicne.

Bhuail sé a asal, a mhéara ag cuardach an phlocóid agus ag súgradh leis agus é ag faire ar na mothúcháin a bhí ag clúdach a aghaidh.

Aoibh sé isteach ina aghaidh bog mar chlaon sé síos a póg a liopaí crith.

"Chuir tú an-áthas orm ar maidin, a sclábhaí. Ach lig dom a rá leat, beidh sé seo ina lá fada go leor duit. Mar sin, má tá aon phlean agat don oíche, caithfidh mé iad a chur ar ceal. Smaoinigh ar leithscéal éigin." Rinne sé aoibh uirthi.

"Agus is féidir leat a rá le do thuismitheoirí go bhfreastalóidh tú ar dhinnéar comhpháirtithe gnó liom ós rud é go mbeidh do scileanna uathúla agus neamhghnácha ag teastáil uaim."

D'éist sí leis ag béiceadh a liopaí, ag blushing mar a bhí sé ag imirt leis an breiseán ina asal agus an clench a pussy ag a chuid focal.

'Bhí áthas uirthi!'

Bhí ionadh uirthi faoin gcaoi a mothaíonn sé seo léi agus a phóg ag cur áthas ar a áthas.

Sheas sí ar aghaidh le scuab a dhéanamh i gcoinne a choileach, ag tuiscint go raibh sí ag iarraidh é a mhothú taobh istigh di in ionad na bréagán a d'úsáid sé í gach lá.

Mar gheall ar seo a bhaint amach, tháinig níos mó fós ar a leicne, agus a hintinn ag aithris a toin ceannais:

'Tá tusa, a Shiúáin bhig, tar éis éirí ina fraochÚn.'

Níorbh fhéidir léi cuidiú leis na mothúcháin áthais a bhí aici as é a shásamh i bhfianaise díomá an lae inné.

Náire agus náiriú leis an sásamh a bhain sí as a bheith nite uirthi go hachomair.

sé a ceann suas ag a smig agus bhuail sé lena súile ag féachaint ar a mothúcháin contrártha, aoibh sé agus phóg go domhain í.

Leáigh sí arís.

* * *

Agus í ina suí go míchompordach ag a deasc, ghlaoigh sí ar a tuismitheoirí a insint dóibh go raibh sí ag dul chuig dinnéar oibre, cara a shíl sí go bhféadfadh sí bualadh le chéile le haghaidh caife tar éis na hoibre, agus an buachaill a chuir sí amach cheana féin don deireadh seachtaine.

Mar sin cuireadh deireadh go tapa leis na glaonna gutháin agus chuir sí teachtaireacht láithreach chuig a Máistir chun é a chur ar an eolas.

Ghlaoigh sé ar ais chuig a oifig í agus tháinig sí isteach sa seomra, ag dúnadh an dorais taobh thiar di agus ag siúl go dtí a deasc sular glúin chun seasamh os a chomhair.

Rinne sé iniúchadh air agus d'athraigh sé a sheasamh sula lean sé ar aghaidh.

D'éist sí go géar mar a mhínigh sé an seasamh glúine do sclábhaithe: glúine oscailte, lámha taobh thiar ar ais, ceann tilted beagán i dtreo air, liopaí parted.

Mhínigh sí suíomh suí na sclábhaithe, a bhí an-chosúil le glúine, áit a bhféadfadh sí a glúine a scíth a ligean trína suí lena masa cradled ar a sála.

Dá n-iarrfaí uirthi í féin a thaispeáint nuair a bhí sí ar a glúine nó ina seasamh, bhuailfeadh sí a lámha taobh thiar dá muineál agus tharraingeodh sí a huillinneacha agus a guaillí ar ais mar a rinne sí roimhe seo.

D'iarr sé air é seo a chleachtadh, ordú aon fhocail a thabhairt dó a ghlúine, a shuí nó a thaispeáint, agus é ag insint na gcúraimí dó don chuid eile de na laethanta.

Bheadh lón déanach le roinnt cairde óna chlub ina sheomra cruinnithe oifige.

Ní bheadh ort cócaireacht nó fónamh inniu, ach bheadh sé mar chuid de do dhualgais ag amanna eile.

Thug sé foláireamh géar di nach mór di gan leisce a dhéanamh cloí lena chuid orduithe inniu nó go mbeadh na pionóis i bhfad níos airde ná mar a d'fhulaing sí inné.

shuddered sí agus dúirt:

"Tá Máistir".

"Beidh muinín agat asam, a Shiúáin bhig, gur tusa an duine is luachmhaire as gach sealúchas atá agam."

D'fhéach sé isteach ina súile agus chonaic sí a súile a leathnú le mearbhall.

"Sea daor, is tú mo mhaoin. Is stór luachmhar tú agus is liomsa tú."

Scairt a inchinn air:

"Seachtain amháin ghlac mé, bhí sé cluiche!"

Bhí a aigne ag spochadh as, "níor chuimhin léi fiú a comhaontas a chur in iúl don tseachtain. Conas a d'aontaigh sí leis seo? Bhí sí ag caint amhail is go raibh sí ag iarraidh í a choinneáil ina sclábhaí go deo!"

Thaispeáin a aghaidh a mhothúchán d'eagla ag dul i méid sula ndeachaigh a bhéal síos uirthi i bpóg dhomhain, paiseanta.

D'fhéadfadh sí a chuid cumha a mhothú, an gá atá aige léi, a ghrá sa phóg sin agus leáigh sí isteach ina hintinn, ag ligean uirthi féin é a cheistiú, ag meabhrú di féin gur gheall sé go labhróidís ag deireadh na seachtaine.

Briseadh a bpóg, d'ardaigh sé, ag fágáil a glúine breathlessly áit a raibh sí, agus chas ar ais chuig a dheasc.

Chuir sí roinnt comhad ar imeall a deasc, chun í a thabhairt amach go pearsanta, agus san ord a shocraigh sí, do roinnt de na feidhmeannaigh, chomh maith le liosta ina sonraíodh éagsúlacht tascanna don chuideachta ar fad, lena n-áirítear seiceáil ar ullmhóidí bia do do lón.

Ghlac sí gach rud a mhínigh sé di agus dúirt go bog:

"Sea, a Mháistir," nuair ba chosúil go raibh sé críochnaithe, ach d'fhan sí san áit a raibh sí go dtí gur innis sé a mhalairt di.

Ag féachaint ar a uaireadóir, mhol sé:

"B'fhearr duit a sclábhaí beag a dheifir, ghlac an oiliúint níos faide ná mar a bhí beartaithe agam agus tá go leor le déanamh agat fós sula dtagann m'aíonna."

D'fhill sé go tobann ar a chuid oibre, agus chuaigh sí ar a glúine ar feadh nóiméad mearbhall sular sheas sí suas, ag breith ar na comhaid agus ar an liosta, agus ar ais chuig a deasc chun na tascanna a réiteach agus conas dul i ngleic leo.

Sheol sí teachtaireacht láithreach chuige ag cur in iúl dó go raibh sí ag imeacht óna oifig.

"Déan deifir ansin mar daor. Tá dhá uair an chloig agat. Ná bí ag caoineadh mar gheall ar gach deich nóiméad a bhíonn tú déanach gearrfaidh mé pionós ort"

Phléasc sí an teachtaireacht freagartha seo ar a scáileán agus deifir uirthi.

Fuair sí amach gur chuir a sála nua níos airde ná mar is gnách a cromáin isteach níos mó, a sciorta pleated ag rolladh agus ag preabadh le gach céim.

Choinnigh sé na comhaid ar a bhrollach ionas nach mbeadh na cloig ag gliondar.

D'eitil sé beagnach go dtí na cistineacha agus tascanna eile sular tugadh ar láimh na comhaid chun é féin a chosaint chomh fada agus ab fhéidir.

Ag miongháire agus ag rá beagáinín agus í ag seiceáil ar na cistineacha agus ar thascanna beaga eile a bhí éasca le déanamh, d'fhan sí an-eolach ar an slabhra agus ar an bplocóid a d'úsáid sí dó, agus í buartha go dtiocfadh an teas leanúnach idir a cosa chun solais do dhuine ar bith. duine , ag gach duine a chonaic í .

Sheiceáil sé a uaireadóir, é sásta le cá fhad a thóg sé air, agus ar deireadh thosaigh sé ag seachadadh na gcomhad agus na nótaí do na feidhmeannaigh.

Agus í ar an eolas faoi chomh gearr agus a bhí a sciorta agus cé chomh tanaí is a bhí a barr thar a cuid tits chained braless, blushed sí furiously nuair a súile na faighteoirí comhaid fánaíocht thar uirthi nó lingering ró-fhada uirthi.

Rinne sí iarracht na comhaid a bhí ag cloí lena cófra a choinneáil, ach níos minice ná a mhalairt d'iarr siad uirthi iad a chur síos ar an mbord agus fanacht agus iad ag seiceáil cad a thug sí leo.

* * *

Cé go raibh sí ag seiceáil a huaireadóir i gcónaí, thuig sí go raibh sí chun a bheith déanach cheana féin ag filleadh ar a deasc nuair a shroich sí an t-earráid dheireanach a bhí aici, oifig Alan Clarkson a bhí ann.

Nuair a chonaic Susan Anne ág a deasc ag miongháire uirthi, chrom Susan agus shiúil sí anonn.

"Go raibh maith agat as an chulaith álainn, Anne. Oireann sé go foirfe dom." Susan whispered beagnach.

Anne gáire go sona sásta.

"Feicim cé chomh maith is atá sé ort! Ó mil, is dóigh liom go bhfuil cuma iontach air, cé gur shíl mé cheana féin go mbeadh cuma iontach ort. Lig dom a rá le Máistir go bhfuil tú anseo agus beidh sé ag iarraidh tú a fheiceáil freisin!"

"Tá comhad agam dó."

Exclaimed sí, shocked a thuiscint go raibh Anne freisin sclábhaí.

D'fhéach Susan uirthi le súile níos criticiúla ag tabhairt faoi deara an bealach a bhí sí gléasta.

"Go hiontach. Sin é an chaoi a bhain muid dhá sprioc le cuairt amháin," winked sé, gáire ansin arís mar a chlóscríobh sé teachtaireacht meandrach ar an scáileán agus d'fhan le freagra.

Rinne sí gáire faoina fhreagra ag míniú gur thaitin analaí leis an dá chúl.

Ag teacht amach ó chúl a dheasc, thóg sé Susan ar a lámh agus é á threorú isteach in oifig Alan Clarkson.

Tháinig Alan amach ó chúl a dheasc.

"Tabhair dom an comhad agus lig dom breathnú ar tú Susan stór."

Bhí sé ag féachaint uirthi cosúil le mac tíre ocrach ag síneadh amach don file.

Blushing domhain, thug sí dó an comhad.

Rinne sé fuaim "hmm" agus shiúil sé timpeall uirthi.

"Taispeáin as, a Susan bhig."

Leathnaigh a súile agus d'fhéach sí suas ar a aghaidh le haghaidh joke, ach ní fhaca sé aon cheann, mar sin leathnaigh sí a seasamh agus d'ardaigh sí a lámha ar chúl a muineál taobh thiar a muineál.

"Ooh cloigíní beaga, cé chomh álainn. Bhí a fhios agam gur mhaith leis 'cloigíní dá Susan.'"

gáire sé amach os ard agus slap Anne ar an asal ag rá:

"Níor dúirt mé leat!"

Gan a fhios agam cad ba cheart a dhéanamh, agus gan a bheith ag iarraidh láithriú mí-umhail, sular ghlac an Máistir seo a háit arís agus é ag féachaint uirthi, d'éirigh sí ina seasamh.

"Scipeáil Susan, ba mhaith liom na cloig a chloisteáil."

Léim sí, agus waved sé di leanúint ar aghaidh.

Rinne sí iarracht, ach bhí a geansaithe beag agus í ag sluthú ar a bróga ard-sála ag buaileadh mar a d'ardaigh a sciorta agus thit sí ag nochtadh a nocht faoina bhun.

sí beagnach thar ag pointe amháin go dtí gur bhain sé amach. agus rug sí ar a lámh chun í a shlánú.

"Go raibh maith agat, an tUasal Clarkson." gasped sí.

"Tá a fhios agat, Susan, go bhfuil na tits perky is deise atá feicthe agam le fada an lá. Ba cheart duit smaoineamh ar do siní a tholladh. Bheadh cuma níos tarraingtí agus dochoiscthe ag baint leis na tits do do Mháistir." Dúirt Alan go han-dáiríre agus é ag déanamh staidéir uirthi.

Blanched sí mar a labhair sé.

Caithfidh sé go bhfaca sé an cuma ina súile mar a chas sí go tapa ar Anne.

"Tóg amach do léine ionas go mbeidh Susan in ann do cheannsa a fheiceáil."

Chas sé le Susan.

"Rinne sí iad go gairid tar éis dul isteach sa chuideachta."

D'fhéach Susan ar an mbean fhionn nach raibh in ann bualadh le súile Alan agus í ag blush níos mó fós.

Bhí bra á chaitheamh ag Anne nár chlúdaigh a cíoch mór, ach gur thacaigh sí leo mar a bhí ar sheilf.

Bhí a cíoch adorned le fada, leathan, fáinní órga, dangling as a siní.

Reoite Susan go dtí go hook Alan a mhéar ar an fonsa chlé agus d'ardaigh sé suas é, iallach a chur ar a cíoch síneadh amach i cruth cón rud a fhágann Anne ag caoineadh gutturally.

Alan ligh a liopaí agus aoibh gháire.

"Tá sí go hálainn, nach dóigh leat Susan?"

"Sea, an tUasal Clarkson."

"Dorresistible mar a dúirt mé, ach ní mór dúinn go léir a bheith ag obair sular féidir linn a imirt." Chas sé a aoibh gháire tógálach uirthi agus winked, "B'fhearr duit a reáchtáil go dtí do dheasc Susan, beidh do Mháistir ag fanacht leat tá mé cinnte. Abair leis go bhfeicfidh mé an comhad roimh lón inniu. Féach leat ansin ."

chuckled sé agus chuir sí ar ais, fós a bhfuil whining Anne ag an fáinne óir.

"Sea, an tUasal Clarkson," a dúirt Susan, ag casadh agus beagnach teitheadh an oifig, shutting an doras go ciúin taobh thiar di.

Ghlac sé anáil dhomhain chun é féin a shuaimhniú, rinne sé deifir ar ais chuig oifig a Mháistir.

Gan ag iarraidh a stopadh nó labhairt le duine ar bith ar an mbealach ar ais chuig a deasc, shiúil sí agus a ceann ísliú, i bhfolach a blush agus hunching anonn chun iarracht a cheilt a tits clinking.

Tháinig sé chuig a deasc ag luas níos airde agus chuir sé teachtaireacht láithreach chuici ag cur in iúl di go raibh sí ar ais.

AN SEOMRA PIONÓIS

Ghlaoigh sé uirthi láithreach.

Chuaigh sé isteach ina oifig agus thit ar a ghlúine díreach taobh amuigh den doras.

Agus é ina sheasamh agus ag siúl léi ag bealach isteach an tseomra, chroch sé:

"Lean mé. Tá tú déanach."

Léim sí ar a chosa agus rith ina dhiaidh isteach i seomra tadhlach ach cúpla céim taobh thiar dó.

Bhí maisiúchán aisteach ar an seomra seo.

sé .

"Faigh naked, ach coinnigh do stocaí ar."

Ghéill sí go tapa lena scairt ceannais, ag géilleadh dó gan smaoineamh, ina seasamh nocht agus crith, na cloigíní ar a tits ag gliondar.

Tarraingíodh aird uirthi agus í ag faire air tarraiceán a oscailt agus cóirséad bán a tharraingt amach.

Stepping taobh thiar di, fillte sé an cóirséad thart ar a corp agus thosaigh sé ag ceangal daingean timpeall a waist.

Lean na flapaí cupán cuar a tits spraíúla agus chríochnaigh siad díreach faoi bhun a siní.

Na bachlóga beaga, crua, slabhraithe bándearga protruded os cionn an slabhra óir agus cloigíní , ag cur a n-ditty a gcuid moans.

Idir an dá linn, d'fhan sí gan gluaiseacht, ag féachaint go bán ar an mballa agus ansin ag díriú ar a lámha, ag tuiscint braite an chóirséid lena raibh sé ag ceangal suas í.

Slap sé taobh thiar di nuair a chríochnaigh sí.

Bhí iontas níos mó ná pian uirthi agus é ag piocadh suas í cosúil le bábóg agus ag caitheamh í, agus é á phionnadh chuig bíoma padded a bhí mar chuid den troscán aisteach sa seomra seo.

Bhí sí ard agus fuair sí í féin ag crochadh taoina cosa agus ag ciceáil an léis chun a cothromaíocht a fháil ar ais nuair a bhuail sé a bun arís.

Bhog sé ar shiúl beagán ag iarraidh uirthi.

"Cad a thóg chomh fada sin ort, a sclábhaí beag? Ar chuir tú am amú ar na feidhmeannaigh go léir féachaint cad é an t-uafás atá agat le do chuid éadaí agus gabhálais nua?"

groaned sí, blushing fiú níos mó.

D'iompaigh a aghaidh scarlet mar a bhí an lámh inphriontáilte ar a bun.

Mhothaigh sí é ag bogadh agus ag scuabadh ina coinne mar a bhí a mhéara ag scaipeadh a masa, ag caoineadh uirthi.

Bhreathnaigh sí thar a gualainn air agus é ag breathnú ar a asal agus blushed níos mó fós, a náiriú ag displeasing dó agus an seasamh leochaileach a bhí sí ag déanamh a cringe ar a chuid focal.

an t-análú saothair ón cóirséad daingean agus thosaigh sí ag caoineadh agus ag caoineadh.

Scar a lámha a masa agus d'fhéach sé síos ar an mbréagán righin agus í ar crith agus a h-asal ag brú air.

Rith sé a lámha thar a craiceann mín agus bhí an-áthas air go raibh sí chun ceannas agus taitneamh a bhaint as mar ba mhian leis.

Ag breathnú ar a cunt fliuch gliste mar a bhí a mhéara ag súgradh leis an bplocóid, d'fhás sé:

"Is féidir liom a fheiceáil gur bhain tú sult as é seo a chaitheamh dom, a slut beag."

Labhair sé le ciumhais lena ghuth agus é ag brú go héadrom ar an bplocóid ionas gur shín a anas go mall arís roimh a shúile.

groaned sí, beagnach as anáil.

"Tá Máistir".

Rinne sé aoibh gháire ag baint taitnimh as radharc agus fuaim an choirp bhig foirfe seo.

A cheol plaintive ina cluasa mar a bhain sé an breiseán, go mall ag faire ar an fáinne a anas oscailt go mall agus clench cosúil le réalta daingean dorcha.

Rinne sé magadh uirthi arís lena mhéar:

"Is liomsa gach cuid díot, a sclábhaí bhig! Níl aon rud as cuimse ag do Mháistir."

Chuir a mhéar isteach uirthi agus í ag éisteacht léi mar fhreagra air.

a bhraithfeadh sé go raibh an t-ocras uirthi dó, agus mar sin d'éirigh sé as a lámh agus chúlaigh sé uaithi:

"Tuigeann tú go gcaithfidh mé pionós a ghearradh ort as a bheith déanach anois, ceart?"

"Tá, máistir."

Mhothaigh sí an ga ar a bun, ní raibh sí chomh crua le inné, ach go leor chun a gasp a dhéanamh agus a hiarmhéid a chailleadh ar an léas arís agus í ag magadh agus ag rocadh.

D'fhéadfadh sé an welt a mhothú, tingle dóite ar a fheoil agus thosaigh sé ag déanamh leithscéalta agus leithscéalta.

Chuir sé ina thost í le scata eile fuip.

Leanúint ar aghaidh mar a bhí a mhéara ar siúl tríd an dá imill.

"Caithfidh go raibh tú ag cur do chuid ama amú, ó bhí tú daichead a cúig nóiméad déanach."

Bhuail an fuip arís í, faoi dhó as a chéile, agus chrom sí agus ghreann sí ar an léas.

"Agus ar feadh na cúig nóiméad breise ..."

Thuirling an fuip go dian ar a pluide.

Moaned sí, deora sruthú síos a aghaidh mar an welts Stinging radaithe pian dhó síos a corp.

D'fhéadfadh sé a pussy glistening le taise, agus mar sin d'aistrigh sé an fuip idir a cosa, chuimil sé an rinn leathery cothrom thar a clit.

sí agus jerked.

Lean sé air ag súgradh léi , ag síneadh amach ag brú méar isteach ina bun agus í ag crith agus ag caoineadh, a cromáin ag luascadh idir a lámh agus an fuip brúite i gcoinne a clit ata.

Thosaigh sé ar a mhéar is láidre a phumpáil isteach chuici, ag cur an dara méar leis agus í ag dul in olcas agus ag meowed i ngátar.

Tháinig sí go pléascach, beagnach ag titim den bhíoma, ach thochail a lámh isteach ina bun.

"Cad é an soith dána thú, nach tú? Conas is maith leat pian"

Tharraing sé a mhéara siar uaithi agus é ag faire ar a corp ag crith le spasms.

"Caithfidh tú fanacht go dtí go n-insíonn do Mháistir duit cathain is féidir leat cum, daor."

Giotán an fuip isteach ina feoil arís agus arís eile agus screamed sí.

"An dtuigeann tú mé, sclábhaí?"

"Tá, máistir."

Bhí sí ag caoineadh agus an fuip ag cur pian ina pluide arís.

Mhothaigh sí seachas an stiall bheag shínte fabraice a fheiceáil, chrom sé suas a cosa agus shocraigh sé thart ar a cromáin sular thóg sé í den bhíoma agus isteach ar na cosa shaky.

D'fhéach sí síos, rinneadh an stiall ábhair leathan go leor chun a gnéas a chlúdach agus ar dtús cheap sí go bhféadfadh sé a bheith cosúil le crios.

"Sclábhaí taispeántais," a dúirt sé agus é ag tabhairt a lámha chuig a choim, ag leathnú agus ag coigeartú suíomh a thighs agus asail le gach gluaiseacht.

Thuig sí anois gur sciorta de chineál éigin a bhí ann le taispeáint.

Shiúil sí anonn go dtí clóiséad agus tharraing amach péire bróga bána le sála orthu, agus iad á gcur ar a cosa chun í a chaitheamh.

Chuir sé ciorcal timpeall uirthi, a mhéara ag rianú thar na línte dearga a léirigh faoin sciorta buailte.

"Ní fhaca tú níos mó Susan ná anois, Susy."

Chlaon sí isteach, ag pógadh na rianta deora faoina súile fós uisceacha, ag labhairt go bog.

"Mmm, mo slut beag, is breá liom do chuid taispeántais imní a fheiceáil, ach táimid ag súil le haíonna, mar sin téigh go dtí an seomra folctha príobháideach sa dara doras ar dheis. Gheobhaidh tú do ghnáth-bhrandaí makeup ann. Deisigh d'aghaidh agus gruaig ."

Thug sé ribín óir-brataithe di.

u0026quot;Cuir an headband seo ort. Níl aon chumhrán. Agus tar ar ais chuig mo dheasc.

Chuaigh sí isteach sa seomra folctha agus sheas os comhair an scátháin fad iomlán.

"Cé hé sin Cailín?" smaoinigh. "Cad a tharla don 'chailín mhaith' a bhí sí ar feadh a saoil? Conas a d'iompaigh sí isteach sa fraochÚn a chonaic sí sa scáthán?"

D'aistrigh sí agus d'imigh sí agus í ag tabhairt faoi deara nár chlúdaigh an sciorta a púicín nó a h-asal ar chor ar bith, ag cur béime ina ionad sin ar a welts agus a staid arousal leanúnach.

"Is cluiche é" a cheap sé, agus fios aige ina chloigeann go raibh sé i bhfad níos faide ná cluiche agus nach bhféadfadh sé a dhéanamh ach fanacht go dtí deireadh na seachtaine.

"Ag deireadh na seachtaine, cad a tharlódh ansin?"

Stopadh a chuid ceisteanna ciúine, agus é ag smaoineamh ar an gceist sin.

"Anáil," a dúirt sí léi féin, "Just a breathe agus géill."

Bhris sí saor óna ceisteanna leanúnacha agus chuir sí a makeup i bhfeidhm arís ar a héadan.

Tharraing sí a gruaig wavy isteach i ponytail daingean agus shiúil ar ais go dtí an scáthán fad-fhad.

"Breathe, ach breathe agus obey." arís agus arís eile sí í féin.

Ar fhéachaint dheireanach amháin agus ar anáil mhall a ghlacadh, chas sí ar ais chuige, ag siúl go dtí a dheasc agus ar a ghlúine roimhe sin mar a mhúin sé di.

Bhreathnaigh sé uirthi ag siúl le leicne bhabhta a asail nochta go blasta, an welts dearg agus feargach agus í ag siúl go cúramach ar a sála ag déanamh a cromáin sway cosúil le fraochÚn réidh le haghaidh pléisiúir.

"Is liomsa é" a dúirt sé go hiontaofa beagnach.

Chuaigh a oiliúint chun cinn chomh maith an tseachtain seo ; níos fearr ná mar a d'fhéadfadh sé a bheith ag súil leis.

Ba chosúil gur sháraigh sé gach constaic a chuir sé suas gan stró.

I gcónaí buartha go raibh sé ag dul ró-thapa, bhí sí beagnach rith amach inné, agus chonaic sé eagla ina súile ar maidin, ach sa deireadh bhí sí géilleadh i gcónaí.

Bhí a humhlachd beagnach curtha isteach inti ag an meascán de a hathair ceannasach agus a mháthair milis-natured.

Bhí sé ag iarraidh í ar feadh i bhfad.

Nuair a fuair sé amach a lust do phian erotic níor spreag sé ach a mhian a bheith i gceannas uirthi.

Ní raibh sé ag iarraidh í a ligean slán ag deireadh na seachtaine, cé go raibh a fhios aige go bhféadfadh sé iallach a chur uirthi fanacht ina sclábhaí trí dhumhrán nó trí chomhéigean, bhí a fhios aige nach gcomhlíonfadh caidreamh de chineál ar bith a mhianta.

Bhí ceangal muiníne agus comhghrá ag teastáil uaidh, le go mbeadh a cheannas ag teastáil uaidh agus é ag iarraidh a haighneachta iomlán.

D'fhéach sé uirthi ar feadh nóiméad fada agus í ar a glúine os a chomhair.

D'oibrigh sé go crua chun an pointe seo ina shaol a bhaint amach.

Bhí a chomhluadar agus a chlub féin aige a spreag a mhianta is dorcha chun smacht a fháil ar gach rud ina shaol.

Bhí bean chéile, teaghlach agus teach aige, éad ar go leor, ach níor leor sin go léir.

D'fhéadfadh aon sclábhaí a bheith aige sa chuideachta nó sa chlub, agus d'úsáid sé go leor acu ag am amháin nó eile.

Ach rinne sé cuardach ar an gceann a d'fhéadfadh a bheith aige agus a ghrá ag an am céanna, rud a d'fhág nach raibh sé i gcónaí aige.

D'fhéach sé isteach ina súile glas geal.

Bhí Susan difriúil, ba é an fonn a bhí uirthi go mbeadh sí i bhfad níos mó ná corp le húsáid agus le mí-úsáid de réir toil.

Bhí sé ag iarraidh seilbh a fháil ar an gcailín, agus é a rialú agus aire a thabhairt dó, smacht a bheith aige ar gach cuid dá saol agus a thaispeáint di cé chomh domhain agus is féidir le grá sclábhaí agus Máistir a bheith.

Cé chomh difriúil ó fhear céile agus bean chéile, nó lovers, ach go raibh sé i bhfad níos doimhne agus níos mó muiníne.

Ag piocadh suas ribín veilbhit bán óna deasc, chlaon sé ar aghaidh chun í a phógadh go domhain.

Mar a chuir sé an ribín ina áit thart ar a muineál.

Léim sí nuair a chuala sí an léim den ghearrthóg ag dúnadh é mar choker teann.

A lámha ar aghaidh ag caress di mar lingered an póg.

Strac sé a guaillí agus síos a cófra, a pinch na bachlóga beaga crua, chroitheadh iad a chloisteáil fuaim na cloigíní agus a caoineadh isteach ina phóg.

Briseadh an póg, sheas sé suas ag tarraingt níos gaire dó ag a siní.

"Beidh ár n-aíonna ag teacht go luath, tar mo sclábhaí beag."

Thug sé go dtí an seomra cruinnithe í agus bhrúigh sé os a chomhair í, dúirt sé go simplí:

"Faigh thall ansin."

D'amharc sé uirthi agus í ag béiceadh a liopa agus d'fhéach sé ar líon na gcathaoireacha.

Bhog sí go dtí ceann an tábla ubhchruthach agus kneled ar an urlár in aice leis an rud a cheap sí a bhí ina chathaoir.

"An-mhaith, a sclábhaí beag, cad iad na rudaí atá foghlamtha agat go maith inniu?"

CRUINNIÚ LEIS NA MÁISTRÍ

Tháinig foireann na cistine leis an mbia agus bhí siad gnóthach sa chistin bheag ag ullmhú na sonraí deiridh den féasta.

Idir an dá linn, ghlac a Mháistir cathaoir mhór agus dúirt leis suí in aice leis, ag díriú ar áit ar an urlár.

Ghlan sí mar a thóg sé í agus d'éist sé agus é ag labhairt go bog léi:

"Is iad na fir atá ag teacht inniu cuid de mo chairde is sine. Is Máistrí iad freisin agus tabharfaidh siad a gcuid sclábhaithe leo."

Bhreathnaigh sé uirthi agus í ag ionsú a chuid focal, ansin lean sé:

"Géillfidh tú dóibh mar a ghéillfeá domsa. Ach ní ligfidh mé dó dul amú ort, a Shiúáin bhig."

Giotán sí a liopa, na welts a mhaisiú a bun agus cosa fós throbbing leis an bhfianaise cad a tharlódh dá lig sí síos dó.

D'fhéach sí suas nuair a thit sé ina thost, agus ag féachaint isteach ina shúile, dúirt sí:

"Más breá liom".

Bhí sé ar tí rud éigin eile a fhiafraí faoina chuid aíonna nuair a shiúil fear a raibh cailín aige ar iall isteach san oifig.

Rinne sé aoibh ó chroí, shín sé lámh amach chun greim a fháil ar Robert agus chroith sé go daingean é.

"An bhfuil muid ar an gcéad teacht?"

u0026quot;I ndáiríre, Steve, tá an ceart sin. D'fhéach sé síos agus d'iarr: "Agus conas atá tú inniu, Shaky?"

Bhí ionadh ar Susan nuair a d'fhreagair an cailín le "Hiip," cosúil le fuaim madra bhig, agus d'éirigh sé as a chéile nuair a patted sé a ceann.

Bhreathnaigh Susan níos géire uirthi agus í ag tabhairt faoi deara go raibh collar dearg leathair á caitheamh aici leis an bhfocal 'bitch' scríofa i diamaint ar an tosach.

Bhí meas ag Susan ar an ngúna lása a bhí á chaitheamh ag an sclábhaí nuair a chuala sí a hainm agus d'fhéach sí suas, ag blushing, nuair a bheannaigh an Máistir eile di.

"Go deas bualadh leat, a dhuine uasail", tháinig sí amach agus í ag cur glórach uirthi agus í ag blushed níos doimhne fós, an-eolach ar cé chomh nochta a mhothaigh sí.

D'fhill a aird ar an doras nuair a chuala sí gáire ard ó Alan Clarkson, a tháinig isteach le fear a bhí comhionann leis an bhfear a bhí díreach tar éis beannú di.

D'fhéach Susan ó dhuine go chéile, a ceann ag casadh agus í ag féachaint ar an dá chúpla máistir.

Ar ball, thóg sé nóiméad uirthi a thuiscint gur sheas cailín caol go ciúin taobh thiar den phéire gáire Máistreachta.

Ba é an té a chuaigh isteach in éineacht le hAlan ná Máistir John, cúpla deartháir Steve, agus cailín caol ina dhiaidh sin, a sclábhaí Samantha.

Ar ndóigh, bhí Anne taobh thiar freisin, a aoibh agus winked air.

Tháinig an bheirt bhall deiridh den ghrúpa lena gcailíní i gceann cúpla nóiméad.

Shuigh Susan go ciúin ag iarraidh gan aird a tharraingt mar bheannaigh na fir dá chéile agus do na cailíní.

Chrom sí a ceann agus rinne aoibh gháire uirthi agus í ag beannú di, gan muinín a bheith aige as an nguth a bhí ag beannú an chéad Mháistir.

Sin é an fáth a choinnigh sé ina thost ina nervousness.

Bhog gach duine isteach sa seomra cruinnithe, rud a thug foireann chumasach na cistine faoi deara go raibh sean-dhinnéar ann.

Rinne Susan staidéar ar na haíonna deireanacha.

Máistir Barry, é gléasta níos deise ná na Máistrí eile, mar a bhí sé i jeans agus seaicéad a d'fhéach sé aisteach i gcodarsnacht le culaithe mín-oiriúnaithe na Máistrí eile.

Ina dhiaidh sin bhí Cinthia, blonde ard a tógadh go lúthchleasach a raibh an chuma air go raibh a matáin ag sracadh le gach gluaiseacht.

Ba é an péire deireanach an Máistir James, fear uasal níos sine le súile gorm geal a bhí ina dhiaidh Amy, cailín chubby le béal petite a thug uirthi breathnú cosúil le aingeal cupid.

Shuigh na cailíní go léir cosúil léi in aice le cathaoireacha a máistreachta faoi seach nuair a tháinig na freastalaithe isteach le fíon agus bia don chéad chúrsa.

Chothaigh lámh a Máistreachta a cuid greamanna beaga óna pláta agus bhí áthas an domhain uirthi le blas an bhia shaibhir.

D'amharc sí ar na cailíní eile agus na Máistrí ag caint faoi chúrsaí gnó agus cairde a chéile.

Anne a bhí leaning lena lámha thart ar a cos Máistir, bhí an chuma Shaky a bheith tlú suas ar a chosa a Mháistir, bhí quieuit Amy a ceann ar a Máistrí ceathar, agus Cinthia chuma a chroitheadh beagnach a ponytail le gluaiseachtaí beaga a ceann.

Anne rug a shúil agus winked.

"Tá cloigín seirbhíse ag teastáil uainn anseo Robert, cá bhfuil na freastalaithe sin?" Rinne an Máistir Séamas gearán.

"B'fhéidir go bhféadfaimis carraig a chur ar Susan ina ionad sin" a gáire Alan.

na Máistrí níos sine suas ag an ionchas, ansin frowned.

"Tá cailín chomh gearr sin amhras orm go bhféadfadh sí a dhóthain torainn a dhéanamh."

Robert gáire affably.

An stopann tú de bheith ag gearán, a Shéamais?"

"D'fhéadfainn dá dtabharfá croitheadh don chailín bhig sin."

Bhreathnaigh Susan agus a Máistir ag sracadh síos agus tharraing sí an slabhra idir a siní agus chroith sí é, ag déanamh gliondar ar na cloigíní go binn.

"Is dóigh liom go raibh an ceart agat, a Shéamuis, ní dhéanann sé mórán torainn."

Tar éis é seo a rá , las a lámh amach le luas tintreach agus í ag bualadh a cíche ceart, rud a chuir níos mó iontas ná pian uirthi.

"An raibh sé sin níos fearr?"

"Is ar éigean a bhí sé sin níos mó ná squeal."

Bhí aoibh ar Shéamus agus a shúile gorm ag béiceach uirthi.

Amhail is dá mba mar fhreagra ar an squeak mar a thugtar air, bhí an chuma ar na freastalaithe agus glanadh amach na plátaí, ag cur bia níos sumptuous ina n-áit.

Chuaigh na Máistrí ar ais ag caint faoi ghnó agus arís eile rinne Susan staidéar ar na cailíní.

N'fheadar ar roghnaigh siad a bheith ina sclábhaithe nó, ar nós í, go raibh siad gafa sa chás sin.

Ach an raibh sí gafa?

Ar dtús b'fhéidir, ach anois ní raibh sí ró-chinnte faoi sin.

B'fhéidir go raibh sé ag tosú ar thaitin léi níos mó ná rud ar bith.

D'fhéach sé timpeall ar an ngrúpa arís agus chroith sé a cheann.

Ní raibh an chuma air seo fíor.

Ba ghnách leis suí síos agus dornán beag a fháil ó phláta a Máistrí amhail is dá ndéanfaí amhlaidh gach lá.

B'fhéidir go raibh an oiread sin gafa aici sa chluiche seo nár mheas sí a sclábhaíocht a bheith ina droch-rud a thuilleadh?

Chuaigh a smaointe trína hintinn agus í ag oscailt go géilliúil agus ag dúnadh a béal le haghaidh greim eile.

N'fheadar an raibh gaolta na gcailíní mar chuid dá bpearsantacht féin nó an raibh siad múnlaithe de réir toil a máistrí.

Agus d'fhéach sí freisin ar an gcaoi a gcaithfidh na cailíní seo breathnú uirthi, lena blushes leanúnach agus naivety,

An bhféadfadh siad a rá nár sclábhaí fíor í?

Caillte ina smaointe féin, ní raibh sí ag éisteacht le comhráite na Máistrí agus bhí ionadh uirthi nuair a thosaigh na Máistrí eile ag éirí agus ag fágáil an tseomra ag fágáil na gcailíní leo féin.

D'fhéach sé suas go aisteach ar a Mháistir agus é féin ina sheasamh.

Chrom sé síos agus stróic sé a cuid gruaige go réidh.

"Beidh mé ar ais go luath ceann beag."

Chlaon sí beagán agus faire orthu dul.

Chomh luath agus a dhún an doras, sheas Amy chubby suas agus rinne sí suirbhé ar an mbord sula sleamhnaigh isteach i suíochán folamh a Máistir agus a gloine fíona beagnach iomlán a ardú go dtí a liopaí bídeacha.

Samantha rollta a súile.

"Tá tú a bhrat Amy, is fearr nach bhfuil tú gafa ann."

"Tabhair sos dó, a Samantha, ní tusa an cailín is sine anseo." Dúirt Shaky isteach, "Is bratéad é Amy i gcónaí nach n-athróidh, agus ní mór dúinn spraoi a bheith againn leis an gcailín nua." Phléasc sí meangadh fiacal i dtreo Susan. "Caithfidh tú a insint dúinn, a Susan álainn, conas a fuair tú greim ar an Máistir Robert doiléir."

Tháinig sí níos gaire di agus luigh sí ar a boilg lena lámha ag tacú lena smig agus í ag fanacht le freagra.

Conas a d'fhéadfadh sí a rá leis na cailíní seo go raibh sí gafa?

Nach raibh a fhios aici rud ar bith faoin sclábhaíocht agus gur thosaigh sé mar chluiche di.

smaointe Susan ag dul chun cinn agus chuaigh sí go mór i mbéal an phobail agus na cailíní ag stánadh uirthi ag fanacht le freagra.

Tarrtháil Samantha í:

"Ní dóigh liom go raibh Susan aon smaoineamh faoi seo go léir, mil."

Chroith Susan a ceann, ag ísliú a súile.

Agus lean Samantha ag cogarnaíl go comhcheilg leis na daoine eile:

"Ní raibh mé i mo sclábhaí roimh an tseachtain seo." Chas sí chuig Susan agus thug gáire suaimhneach di, "ná bíodh imní ort mil, ní bheidh na cailíní seo i ndáiríre ag spraoi leat. Fágaimid é sin chuig na Máistrí." gáire sí.

"Níl aon bhealach! An bhfuil sé sin fíor?" D'fhéach Shaky isteach ar aghaidh Susan le fiosracht dhíograiseach.

Tháinig Amy níos gaire freisin, "Bhuel, bhuel, cailín milis neamhchiontach, a cheapfadh gurb é seo a bhí á lorg ag Máistir Robert, iontas uirthi go mbeadh a blas ar eolas aici."

Rinne Susan iarracht a hiontas féin a sheachaint agus iad ag caint fúithi, ach d'fhéadfadh sí teas na blush ag líonadh a leicne a mhothú.

Lean Amy ar aghaidh, "Níor ghlac do Mháistir sclábhaí mar a chuid féin riamh roimhe seo. An dóigh leat go gcoimeádfaidh sé thú?"

D'fhéach Susan suas le súile leathan agus squealed:

"Coinnigh mé?" Chroith sí a ceann, "Shíl mé go raibh sé chun a bheith ina cluiche spraoi, ach anois tá gach rud jumbled i m'intinn. Le gach duine agaibh anseo, tá sé cosúil cosúil leis an rud is gnách ar domhan, ach níl a fhios agam i ndáiríre . an rud atá á dhéanamh agam an chuid is mó den am."

"Ó stoptar suas mil, tá gach rud go breá." Dúirt Samantha le wink, "Tá mé ag breathnú ort ar feadh na seachtaine agus tá cuma níos iontach ort le gach lá a rith."

Shaky aoibh. "Is rógaire thú, ní hea! Bhuel, bíodh a fhios agat má ligeann sé duit bualadh lenár Máistrí go léir, sílim go bhfuil sé beartaithe aige tú a choinneáil thart ar feadh tamaillín." Shaky ligh leiceann Susan agus í ag gáire, "Agus bheadh sé go deas a playmate nua a bheith agat, nó an fearr leat Samantha?"

D'fhéach Amy anuas ón mbord agus í ar thóir a liopaí.

"Tá go leor sclábhaithe sa chlub a bhí ag fulaingt mar gheall ar a bheith ag caitheamh muince an Mháistir Robert. Má chinneann sé fanacht leat, ba cheart go mbeadh muid in ann caoineadh na ndaoine go léir a chloisteáil." Rinne sí gáire , bualadh bos a lámha agus ghlac sip eile d' fhíon a Máistir. "Ba bhreá liom cuid dá n-aghaidh a fheiceáil nuair a fhaigheann siad amach."

"Buille faoi thuairim mé cad a chiallaíonn na cailíní go bhfuil an chuma Máistir Robert pleananna chun tú a choinneáil leis." Stop Anne nuair a chonaic sí an imní i súile Susan. "Is maith leat a bheith ina sclábhaí, ceart?"

Chuir an cheist iontas ar Susan.

Thaitin sé?

Giotán sí a liopa mar a shíl sí faoi.

Bhí sí ag rá léi féin gur cailín maith í a chuaigh i mbun sclábhaíochta, ach conas a d'fhéadfadh sí é sin a rá leis na cailíní seo?

Bhí sí ag iarraidh go mór a fhiafraí cén chaoi ar tháinig siad ina sclábhaithe.

An raibh rogha acu cinneadh a dhéanamh an raibh... ceart go leor?"

Bhog Cinthia a ponytail, snorted beagán, agus tilted a ceann.

Shleamhnaigh Amy go talamh ag díriú ar Cinthia agus ag cogar:

"Níl a fhios agam conas a dhéanann sé sin!"

Nóiméad ina dhiaidh sin, d'oscail an doras agus tháinig na freastalaithe chun an bord a ghlanadh.

Sheas gach cailín go ciúin ina háit agus na freastalaithe ag obair go tapa chun an tábla a athlánú le torthaí agus cáiseanna agus fágadh ina n-aonar arís iad.

Arís, d'fhéach na cailíní eile go léir ar Susan fós ag fanacht le freagra de chineál éigin.

"Níl a fhios agam cad atá á dhéanamh agam, gan trácht ar cad ba mhaith liom," a dúirt Susan go brónach. "Tá sé seo murab ionann agus aon rud a bhfuil taithí agam roimhe seo. Is cosúil go bhfuil tú go léir chomh deas, mar sin, um, gnáth!" Rinne Cinthia snort agus d'ardaigh sí mala. "Bhuel tá a fhios agat cad atá i gceist agam, don ghnáthshaoil is é an steiréitíopa de sclábhaí gnéis ..." chuardaigh sí an focal ceart.

A thabhairt suas, shrugged sí.

"Ó, doll ceart go leor," tháinig Anne chun a cosanta. "Tá an steiréitíopa ar eolas againn, ach coinnigh do shúile agus d'intinn oscailte do gach rud a fheiceann tú agus a chloiseann tú agus tuigfidh tú nach bhfuil aon rud gnáth sa domhan seo ar fad. Smaoinigh ar ghnéas cosúil le huachtar reoite, dá mba rud é gur thaitin le gach duine fanaile Cén domhan leadránach a bheadh ann. ."

Amy a súile, ansin Chlaon Susan.

"Is sean-analaí greamaitheach é uachtar reoite, ach oibríonn sé. Is maith le daoine rudaí éagsúla, bia, gluaisteáin, éadaí agus gnéas. Déarfainn go gcaithfidh tú cinneadh a dhéanamh duit féin, ach is dóigh liom go ndearnadh an cinneadh sin duit cheana féin."

Giocadh Susan a liopa agus bhí sí ar tí agóid a dhéanamh go raibh lá amháin eile le socrú, ach thug a córas luathrabhaidh, Cinthia, ar ais isteach iad díreach mar a bhí na Máistrí ag filleadh ar a suíocháin agus ag comhrá go fonnmhar faoi ghnó na gclubanna agus a gcomhaithne.

Tar éis uaireanta a bhí cosúil le huaireanta, ach is dócha nach raibh níos mó ná ceann amháin acu, rinne Amy méanfach a sleamhnú gan mórán ratha agus tharraing aird an tábla.

D'fhéach an Máistir Séamas síos, "Bhuel, sin é an rud a gheobhaidh tú as fanacht suas thar am codlata, a leanbh."

D'fhéach sé suas ag pouting agus thosaigh sé ag agóid, "Ach ..."

Bhí cuma ghéar óna Máistir ar a teanga reoite agus ghabh sí a leithscéal agus chuaigh sí ar a glún ag dul i dtreo.

Ansin rinne Séamas aoibh agus ruaig ar a gcuacha.

"Cén fáth nach n-iarrann tú ar Mháistir Robert an féidir leat súgradh le cloigíní Susan chun tú a choinneáil gnóthach ar feadh tamaillín níos faide agus ansin tabharfaidh mé abhaile thú, a dhuine bhig?"

Bhí an t-uafás spréach ina súile agus í ag ardú ar a cosa agus chomh binn sin le Robert á rá.

"Ó, le do thoil, a Mháistir Robert, an féidir liom? Is cloigíní beaga deasa iad agus tá sclábhaí álainn agat."

"Conas a d'fhéadfainn a rá le cailín chomh binn?" Robert aoibh.

"Go raibh maith agat Máistir Robert, go raibh maith agat!" D'imigh Amy suas agus d'imigh sí faoin mbord le dul ar aghaidh chuig Susan.

"Breathnaíonn sé cosúil go bhfuil sí awake anois." Rinne Alan gáire nuair a thug Shaky yelp sceitimíneach agus luigh sé síos le tug tapa ar a iall.

"Is cosúil gur mhaith le gach duine imirt leis an gcailín nua." adeir Barry.

Robert aoibh uirthi.

"Ní féidir liom a rá go gcuirim an milleán orthu, is breá liom a bheith ag súgradh léi."

Beannaigh sé seo le go leor gáire agus fuair sé é féin arís blushing furiously faoi scrúdú an tseomra.

Bhí Amy ina suí go sona in aice léi ag súgradh le clúidín Susan agus ag bualadh na gcloch ag amanna éagsúla de réir mar a lean an comhrá timpeall uirthi.

Bhraith sí a Máistir ag súgradh lena ponytail agus d'fhéach sé isteach ina súile piercing.

Bhuail anáil a h-anáil agus leathnaigh a súile féin agus í ag mothú béal Amy ag teannadh timpeall a clúidín.

Agus é ag seinm na gcloch lena mhéara, bhog a theanga thar a spota crua bándearg.

a Mháistir ag béiceach agus ag cromadh ar na coirnéil le gáire nach raibh le fáil ar a bhéal amháin.

"Is cosúil go bhfuil mo chailín ró-thógtha mar is gnách, is fearr liom í a thabhairt abhaile nó beidh sí ró-neirbhíseach le codladh arís. Sheas an Máistir Séamas suas agus é ag labhairt.

Chlaon Amy a ceann ar ais agus scaoil sí an clúidín a bhí á altranas aici le popcheoil ard.

Ag breathnú suas, d'iarr sé go bog:

"An féidir liom póg duit beannacht?"

"Sea babe. Ansin buíochas a ghabháil le Máistir Robert agus beidh muid ar ár mbealach."

Amy lámh amháin ar leic Susan agus an lámh eile ar mhuineál Susan agus í á coinneáil ina háit agus í ag brú a liopaí ina coinne.

Mhothaigh Susan an teanga ghéarchúiseach agus scar sí a liopaí go mín nuair a phóg an tóin í go réidh ach go domhain, ag iniúchadh a béal le teanga ar sileadh ag fágáil Susan gan anáil ag deireadh na póg.

"Slán le mo chara nua, tá súil agam go bhfeicfimid a chéile i bhfad níos mó uaireanta. Caithfidh tú teacht chuig dáta súgartha, tá go leor bréagán iontach agam!" whimpered sí mar a ghlan a Máistir a scornach agus sheas sé suas, "Go raibh maith agat as ligean dom imirt le Susan Máistir Robert."

"Tá fáilte romhat a stór, codladh sámh. Tá cuma cailleach ar do sheanmháistir grumpy."

Chuir Amy uirthi aghaidh neamhchiontach is seductive, "An gcreideann tú é sin?" D'fhéach sí ar a Máistir suas agus síos, "B'fhéidir gur cheart dom mo threalamh altraí a thógáil amach nuair a shroichimid mo theach agus seic a thabhairt dó."

u0026quot;Ó, sílim go bhfuil cinnte an méid atá uait, a stór. Anois imigh agus imigh abhaile."

Dúirt James, "Go raibh maith agat as sin a chara, b'fhéidir an chéad uair eile a bheidh mé in ann ceann Susan a líonadh le tascanna chun tú a choinneáil gnóthach."

Aoibh Amy agus chas ar ais go dtí an bord, "Slán na mBan agus na mBan."

Thóg sí ansin lámh a Mháistir agus lean ar aghaidh chun é a threorú amach as an seomra agus é ag fágáil slán.

Rinne Steve gáire ag rá go ciúin le Seán:

"Ó, is dóigh liom go mbeidh oíche eile le cuimhneamh ar an mbratadán grinn sin."

Rinne Seán gáire.

"Mura gcinnfidh James í a chasadh ar an turas fada abhaile."

"Ba chóir go mbeadh Cinthia agus mé féin ar ár mbealach anois freisin, ba mhaith liom dul go dtí an club marcaíochta agus tá go leor ullmhúcháin le déanamh againn." Barry rumbled ina baritone domhain.

Robert sheas suas agus aoibh.

"Ó sea, ar ndóigh. Tá an t-ádh leat go raibh tú sa bhaile le haghaidh ár gcruinniú. Go raibh maith agat as teacht Barry."

Shiúil Robert i dtreo doras an tseomra sular chas sé agus dúirt leis na cinn eile:

"Cén fáth nach n-aistrímid chuig na cathaoireacha níos compordaí agus an oíche ag druidim? Tá an radharc sách maith ansin."

D'éirigh na Máistrí agus lean a gcailíní ina dhiaidh.

Bhrúigh Anne ar Susan bogadh.

Bhí sé ag faire ar Cinthia agus a cos fada nuair a tháinig an tagairt don chlub marcaíochta isteach ina intinn.

D'fhéach sé níos criticiúla ar na cailíní eile ná iarracht a dhéanamh a gcuid cáilíochtaí a fheiceáil, mar a déarfá.

Coileán beag gleoite a bhí in Shaky agus cailín lush, sexy a bhí in Anne, ach bhí Samantha ag cur mearbhall uirthi.

Susan an cailín a fheiceáil ag siúl, bhí sí chomh galánta agus a bhí sí ina ballerina.

Mhothaigh Susan arís as áit, ní raibh aon rud speisialta fúithi agus bhí go leor le foghlaim aici.

Thuig sí nach bhféadfadh sí a bheith speisialta cosúil leis na cailíní seo agus nach raibh a Máistir ach ag súgradh léi.

Leis seo thuig sí nach mbeadh, nach bhféadfadh sé í a choinneáil mar a sclábhaí mura raibh cáilíocht ar leith aici.

Mhothaigh sí borradh faoisimh tríthi nach mbeadh uirthi cinneadh a dhéanamh di féin.

Ach go tapa bhí an mothú ina dhiaidh sin ag pang de brón.

Giotán sí a liopaí caillte ag smaoineamh, ag leanúint a Máistir chuig a chathaoir agus ina suí in aice leis.

Chroith sí na smaointe as a ceann arís agus a Máistir fillte a lámh thart ar a ponytail arís agus d'fhéach sé suas air.

"Hey John, iarr ar do chailín freastal orm, a dheartháir, tá an sclábhaí seo gan úsáid le haon rud nach dtagann i mbuidéal nó i mbuidéal."

Chrom Steve ar Shaky lena chos agus chrom sí air go bog, rud a chuir frown air.

Le nod óna Máistir, bhog Samantha i dtreo Máistir Steve agus a cosa ag rince.

Bhrúigh sí a corp ina aghaidh ag lí a mhuineál suas go dtí a chluas, ag nibeáil go bog agus ag glanadh:

"A Mháistir, cad ba mhaith leis an sclábhaí seo mé a fháil duit anocht?"

"A Scotch, le do thoil, álainn."

Scaoil Samantha óna corp, sníomh ar liathróidí a cosa, agus sciorr sí i dtreo na cistine.

Chaith sí gloine úr síos agus d'iompaigh sí beagán chun radharc a thabhairt don lucht féachana ar an imlíne sultrach chuarthach dá corp agus í ag sleamhnú imeall na gloine suas agus os cionn at a cíoch, ag crith agus ag tógáil anáil dhomhain.

Bhí Susan ag féachaint uirthi, spéisiúil.

Líon Anne a gloine leath bealaigh sular osclaíodh doras an reoiteora, lig don aer fuar nigh anuas uirthi.

Rinne an t-aer seo a clúidín a chruachadh, ag nochtadh a leideanna pointeáilte go soiléir faoin éadaí mín síoda a chaith sí.

Rug sé ar oighear agus scaoil sé isteach sa ghloine é le clink ard-claonta.

Dhún sí doras an reoiteora le gluaiseacht cromáin agus chlaon sí ar ais, ag croitheadh a ceann agus ag ligean dá cuid gruaige titim i dtonn síoda dorcha.

Chas sí chuig an Máistir, a cíoch ag scuabadh a lámh, agus ag ardú na gloine go dtí a liopaí ar dtús, chun an imeall a phógadh, ghlan sí:

"Tá d'uisce beatha, a Mháistir Steve, tá súil ag an sclábhaí seo go bhfuil do sheirbhís sásta léi."

"Seirbhís den scoth mar i gcónaí, agus rud éigin milis. Fill ar ais go dtí do Mháistir anois sula ndéanann sé dearmad ar cé leis thú."

Bhí iontas ar Susan faoin gcaoi a ndearna Samantha cuma chomh sexy air deoch a dhoirteadh.

Bhí fonn uirthi é sin a dhéanamh agus d'fhéach sí suas le freagairt a Máistreachta a fheiceáil ach é a fháil ag breathnú uirthi go géar.

Léim a smaointe isteach ina cheann.

An mbeadh sí chomh greannmhar chun é a shásamh?

B'fhéidir go bhféadfadh sí a fhoghlaim a bheith chomh galánta agus tarraingteach, agus b'fhéidir ansin go mbeadh an Máistir ag iarraidh a choinneáil.

Bhí sí tar éis a chur ina luí uirthi féin go gcuirfeadh sé ar shiúl í tar éis na seachtaine a bheith suas.

Arna ghlacadh ina smaoineamh chun tosaigh, d'fhiafraigh sí arís, An é seo an saol ba mhian léi, a bheith i seilbh mar sclábhaí, a saoirse rogha a dhiúltú di trí gach ordú a ghéilleadh di? An bhféadfadh sí foghlaim bheith speisialta ar bhealach éigin? le do thoil é?"

Báthadh na ceisteanna eile a bhí aici arís agus arís eile an fonn a bhí uirthi é a shásamh agus thug sí aird ar ais ar na dTiarnaí a lean ag magadh faoi mar a bhí an tráthnóna ag dul ar aghaidh agus an spéir ag iompú dubh dubh.

Dhiúltaigh an cúpla Máistrí a thuilleadh deochanna ar an bhforas go raibh caidreamh acu leis an gclub an oíche sin, agus dúirt Alan freisin go raibh sé ag tnúth le cuairt a thabhairt ar an gclub agus féachaint cad a bhí ar taispeáint.

Dhiúltaigh Robert dul isteach leo ar an bhforas go raibh obair fós le tabhairt aige.

Sheas sé suas chun siúl go dtí an doras an chruinnithe, comhrá cairdiúil, agus Susan leanúint go ciúin, buíochas a ghabháil Anne as a cuid tacaíochta ar feadh an tráthnóna fada agus tráthnóna.

"Ó mil, ní raibh sé rud ar bith, tá muid go léir nua leis an stíl mhaireachtála ag pointe éigin."

Phóg Susan ar an leiceann, lean Anne Alan isteach san ardaitheoir.

Nuair a dhún an t-ardaitheoir ar deireadh, chas Robert agus shiúil sé ar ais isteach san oifig, cinnte go leanfadh sí.

Agus í ag dul ar a ghlúine os a chomhair, ag suí siar ar a sála, chlaon sé ar aghaidh le caress a leicne.

"Tá mé an-sásta le do fheidhmíocht inniu, cailín."

Chlaon sé isteach chun í a phógadh go domhain agus mhothaigh sí féileacáin ag sileadh ina bolg agus aoibh gháire síos a spine.

Bhí áthas orm!

Bhí an t-áthas a bhraith sí infheicthe in éineacht lena phóg.

Níor smaoinigh sé ar rud ar bith ach conas a mhothaigh a chuid focal agus a dteagmháil léi.

"Anois go bhfuil muid cinnte go bhfuil an oíche saor agat, imrímid cluiche Susy. Tá a fhios agam conas is maith leat cluichí." Aoibh sé uirthi le gáire feasach.

"Tá, máistir." a dúirt sí.

Bhí súil aici agus na haíonna imithe go mbeadh cead aici dul abhaile agus a scíth a ligean.

Lá an-fhada a bhí ann agus bhí an-mhearbhall uirthi, a smaointe go léir fite fuaite ina hintinn.

Lean sé:

"Is féidir linn trí cheist a chur ar gach duine faoi anocht. Is féidir leat aon rud a theastaíonn uait a chur orm faoi ár n-aíonna agus an tráthnóna. Cuirfidh mé ceisteanna ort faoi na rudaí a bhfuil súil agam a d'fhoghlaim tú. Agus mar i gcónaí, más rud é nach bhfuil mé. sásta le do chuid freagraí beidh iarmhairtí ann."

Bhí a fhios aige nach raibh a dhóthain airde á tabhairt aige ar mhionsonraí agus go raibh a intinn ar seachrán go minic,

Ba chóir go mbeadh a fhios aici go mbeadh tástáil ann, bhí sé ag tástáil uirthi i gcónaí ar bhealach éigin.

Ach chrom sí agus dúirt sí:

"Más breá liom".

"Ceart go leor, mar sin, cuirimis tús leis, tabhair dom ainm gach aoi agus a sclábhaí."

Ghlac sé anáil dhomhain, agus le crith ina ghlór thosaigh sé:

"Alan Clarkson agus a sclábhaí Anne, Steve Goodman agus a sclábhaí Shaky, John Goodman agus a sclábhaí Samantha, James Smith agus a sclábhaí Amy, agus Barry Collins agus a chailín Cinthia."

Giocadh sí a liopa, gan a bheith tugtha isteach go foirmiúil, bhí na hainmneacha cloiste aici agus chuir sí na hainmneacha deiridh le chéile óna heolas oibre ar na nótaí agus na ríomhphoist a chuir sí chucu mar chúntóir.

"An-mhór," adeir sé, "acht is eagal liom, mar sclábhaí , an t-aon ról a bhí agat anocht, gur cheart duit a agairt mar Mháistir agus do chéad ainm." patted sí a lap nuair a chonaic sí a liopaí íochtair droop, "Ar mo lap, Susy beag."

Is fada ó chuaigh na súile pianmhara a bhí marcáilte uirthi mar fraochÚn níos luaithe sa lá.

Rith sé a lámh thar a bun go réidh sular bhuail sé go crua é agus ag féachaint ar an gcló láimhe ag tosú ag lasadh bándearg ar a chraiceann mín.

Giotán sí a liopaí ag caoineadh mar a bhog sí a cosa.

Idir an dá linn, tháinig a lámh síos ceithre huaire eile, ceann do gach Máistreacht a d'fhreastail ar an lón déanach.

roinnt deora tar éis sreabhadh síos a leicne, níos mó ó díomá air ná ó na builleanna, nuair a bhain sé lena hasal agus mhol sé:

"Do sheans".

Shíl sí agus d'iarr:

"Bhí gach ceann de na cailíní speisialta ar bhealach uathúil, ós rud é go raibh Shaky ina cailín cub, an bhfuil siad oilte chun a bheith mar sin ag a Máistrí nó an é sin mar atá siad go nádúrtha?"

"Tá predilection ag roinnt sclábhaithe do ról áirithe agus beidh a ghlacadh ag Máistir agus oilte le haghaidh a gcuid mianta agus riachtanais." Stop sé ar feadh nóiméad sula lean sé ar aghaidh, "Is fearr le roinnt Máistrí canbhás bán agus tógfaidh siad cailín agus múnlafidh siad í de réir mar a thaitníonn leo. Mar sin féin, maidir le ceachtar den dá fhéidearthacht, caithfidh aighneacht nádúrtha a bheith ag an gcailín.

Ní chuireann an Géibheann i bhfeidhm ar chailín. cas amach i gcónaí chomh maith agus ba mhaith le Máistir."

Bhí a intinn skidded.

Nár cuireadh iallach uirthi?

Bhí sé tosaithe mar chluiche.

D'aontaigh sí a bheith aige agus géilleadh go hiomlán dó ar feadh seachtaine.

D'admhaigh sí nár cuireadh iallach uirthi glacadh leis, ach ní raibh a fhios aici i ndáiríre cad a bhí sí ag glacadh leis.

Stad an lámh a bhí á bhualadh taobh thiar di agus é ag tosú ag labhairt, agus d'éist sí go géar lena chéad cheist eile.

"As na seisear cailíní atá anseo anocht, inis dom faoi gach ceann acu buanna speisialta mar a chonaic tú iad."

Bhí a fhios aige nach raibh ann ach cúigear cailíní, ach níor mhaith leis é a cheartú agus é i riocht chomh leochaileach, mar sin thosaigh sé:

"Tá shaky an-mhaith le puppy. Ceapaim gur chapaillíní í Cinthia. Tá Amy an-leanntach. Tá Anne an-chraicneach blonde. Chaith Samantha amach mé, ach is dóigh liom gur ballerina í agus bogann sí go grásta."

Chas sí a ceann chun breathnú air go dóchasach.

Bhuail sé í go crua faoi dhó.

"Tá Anne, cosúil leatsa, a Shiobhán bhig, ar crith le pian ar bhealach nach dtaitníonn an chuid is mó de na sclábhaithe. tá sé ag taitneamh sa chaoi a ndéanann sé freastal, ag damhsa. Leanann a Mháistir stíl mhaireachtála na nOirthearach." Bhí a lámh hovered arís agus d'ardaigh sí a eyebrow, "agus an séú?"

Giotán sí a liopaí le frown agus a aigne rásaíocht ag iarraidh a dhéanamh amach cé a bhí caillte aici ina freagra.

Bhreathnaigh sí ar a aoibh gháire agus a lámh á ísliú arís.

Scread sí agus blurted amach:

"Ní thuigim mar ní raibh ann ach cúigear cailíní."

Bhuail sé arís í nuair a d'fhreagair sí:

"Rinne tú dearmad ar an daor is tábhachtaí, mianach!" Tháinig a lámh anuas arís chun a phointe a dhéanamh. "Bhí tú ann, nach raibh?" sí agus yelled:

"Sea, a Mháistir, ach níl mé speisialta, níl aon buanna speisialta agam."

D'ísligh sí a ceann ag ligean deora titim.

Ní raibh buille dá chroí, bhí sí i ndáiríre chomh neamhchiontach agus naive, chomh speisialta sin ina gá le sásamh agus freastal gur chuir sí suas leis na héilimh go léir a bhí déanta aige uirthi agus ghlac sé a chuid pionóis beagnach toilteanach.

Bhí sí, lena blush agus a diúscairt milis, an sampla de naive agus níor thuig sí fiú é.

A bhanphrionsa beag milis go poiblí agus a fraochÚn pianmhar go príobháideach nuair a theastaigh uaidh é.

"Nach ndúirt mé leat ar feadh na seachtaine go bhfuil tú speisialta ? Cad é atá speisialta faoi mo mhian ionat agus an gá atá le bheith i do shealbh? Tar éis bualadh le mo chairde, an dóigh leat go gcuirfinn in aithne dóibh sclábhaí nach raibh speisialta? " Ba bheag nár rug sé ar an gceann deireanach, rud a chuir crith uirthi agus a aigne ag éirí as a chéile.

Susan groaned.

"Sea a Mháistir, níl i gceist agam Máistir, Ó ..." adeir sí, "níl a fhios agam cad atá i gceist agam."

Lean a lámh síos uirthi anois asal dearg ag déanamh moan níos mó di, an teas ag cúrsáil tríd a corp mar a spanked sé di ag déanamh di rub a bolg ina lap mar a mhothaigh sí a chruas ag fás agus a pussy rub i gcoinne a ceathar.

Dhún sí a súile gasping agus moaning os ard.

Chuir an teas, an phian, agus an ceint a bhí air spasms trína corp.

Díreach mar a bhí sí ar tí teacht, stop sé ag cur a lámh go mór ar a cuid droma agus é á choinneáil ina háit ionas nach bhféadfadh sí bogadh.

"Agus is í do chéad cheist eile ..."

Ní fhéadfadh sí smaoineamh díreach, an gá atá aici teacht chomh práinneach sin go crith a corp agus caoineadh sí.

"Cad ba mhaith leat anois is gá duit a iarraidh ar slut beag le haghaidh?"

Mhothaigh sí an clúdach mór náire uirthi agus í ag cur a riachtanas in iúl:

"Le do thoil Máistir, is gá dom cum, lig dom cum."

Ba é seo an chéad uair a chuir sé ceist uirthi agus bhí sé cosúil le hurdle deiridh gur léim sí gan stró.

Thóg sé a lámh isteach ann agus thosaigh sé ag slap na leicne cruinn daingean arís, a lámh preabadh as an dromchla dearg mar slammed sí isteach ina pluide agus coileach.

Theastaigh uaidh chomh dona í go raibh amhras air go bhfanfadh sé an tseachtain chun í a thógáil, ach b'éigean dó fanacht lena chinntiú go bhfanfadh sí.

stiffened sí agus lig amach squeal fada, gasping mar a ceann snámh i bpian agus pléisiúir.

Bhí a cunt throbbing le géar gá cum, a chuma a shoot sruthanna pléisiúir trína corp cosúil le gunshots mar a lean sí ag teacht ar feadh i bhfad.

Ar deireadh thit sí glan ar a lap.

Phioc sé suas í agus cradled ina arm í.

Agus í ag teacht chuici féin bhí a corp beag ag crith agus ag sní isteach ina lámha.

Aoibh sé.

"Tá an chuma ar an scéal nach mór an phionós é casta duit, a shoithí beaga pian. Anois níor chuir tú ach ceist, mar sin is dóigh liom gurb é mo sheal arís é."

Léim sí agus gas sí mar thuig sí nach raibh an cluiche thart agus chroith sí a ceann chun a smaointe a ghlanadh.

Chup sé a smig agus chlaon sé a cheann suas chun freastal ar a súile.

"Cé chomh fada in aghaidh na seachtaine, Susy?"

Chuir an cheist ionadh uirthi, gios sí a liopaí ag smaoineamh go gcaithfidh freagra eile a bheith ann ar an gceann soiléir, ach ní fhéadfadh sí smaoineamh ar cheann amháin, agus mar sin dúirt sí:

"Seacht lá".

Aoibh sé agus é ag faire ar an breacadh an lae na tuisceana ar a aghaidh.

"Tá go maith déanta agat don chéad leath de do sheachtain, a sclábhaí beag." Dúirt sé ag déanamh cinnte go raibh a fhios aici a bhrí iomlán.

"Seacht lá."

arís agus arís eile sí i cogar.

Chuaigh a hintinn ar seachrán chuig na pleananna a bhí déanta aici le bheith i dteach a tuismitheoirí an deireadh seachtaine seo le cuidiú le cóisir chomórtha agus thosaigh sí ag greimeáil ar a liopaí go buartha.

Bhreathnaigh sé uirthi go cúramach sular fhiafraigh sé:

"Do cheist dheireanach, Susy?"

Bhreathnaigh sí air agus súile buartha ag cogarnaigh:

"Shíl mé ... is éard atá i gceist agam, ghlac mé leis ... umm ..."

Bhreathnaigh sí ar a aghaidh gan rud ar bith a léamh ina súile chun cuidiú léi a insint dó gur ghlac sí leis gur seachtain oibre a bheadh sa tseachtain, gan ach cúig lá, agus mar sin spreagadh di ceist a chur:

"An bhfuil deireadh seachtaine saor ag sclábhaithe?"

DEIREADH NA CÉAD CUID